원래
관계는
어려운 거야

원래 관계는 어려운 거야

| 김혜진 지음 |

생각나눔

모든 관계 속에서 힘든 사람들에게 위로가 되기를 바라며

아마도 내가 아픈 경험을 하지 않았다면 이 책을 쓸 이유를 찾지 못했을 것이다. 다행인지 불행인지 갑자기 들이닥친 만성 통증과 심한 대상포진으로 모든 일을 내려놓을 수밖에 없었고 영혼의 어두운 밤을 헤매는 동안 나는 무언가에 이끌리듯 이 책을 써내려갔다.

몸과 마음이 아프니 위로가 될 만한 글을 찾게 되었고 여러 종류의 책을 읽으면서 문득 나도 누군가를 위로할 수 있는 책을 쓰고 싶다는 생각이 들었다. 처음에는 별생각 없이 나 스스로에게 하는 말이라고 생각하고 썼던 글들이 하나둘 모여 책으로 나오게 되었다.

그동안 상담사, 교육자, 공무원 등 정말 많은 직책을 경험하면서 다양한 부류의 사람들을 만날 수 있었고 그들과 함께 일하는 동안 한 가지 깨달음을 얻었다. 그것은 많은 사람들이 제일 힘들어하는 이유는 일 자체에 있는 것이 아니라 그들이 맺고 있는 '관계' 때문이라는 것이었다.

사람과 사람의 관계 속에서 파생되는 갈등은 서로를 비춰주는 거울이 되기도 하고 과오를 깨닫게 하는 계기가 되기도 한다. 사실 모든 관계를 해결하는 방법이 있는 것은 아니다. 수학 문제처럼 답이 정해져 있으면 좋겠지만, 각각의 관계 속에서 발생하는 문제들은 너무나 다양하고 복잡하기 때문에 우리는 그때마다 다른 대처를 해야 한다. 그렇게 복잡하고 다양하기 그지없는 관계 속에서 우리는 울고 웃으면서 살아간다.

인생의 희로애락(喜怒哀樂)은 대부분 관계에서 나온다. 그렇기 때문에 우리는 살면서 맺게 되는 다양한 관계를 당당하고 건강한 마음으로 맺어야 한다. 우리에게는 스스로를 더 건강한 사람으로 만들어야 할 의무가 있다.

이 책에는 지금까지 내가 겪어왔던 다양한 에피소드가 등장한다. 하나하나 쓸 때마다 정말 고마운 친구들이 생각났고 나를 힘들게 했던 사람들에 대한 기억조차 좋은 경험이라고 생각할 수 있게 되었다. 무엇보다 나 역시 얼마나 미숙한 존재인지 깨달을 수 있었다.

언뜻 들으면 무겁고 진지한 책이겠구나 싶을 수도 있지만, 이 책은 비교적 길지 않은 글과 수십 개의 삽화로 채워져 있다. 책에 삽화를 많이 넣은 이유는 독자들이 편안하게 쉴 수 있는 공간을 만들어주고 싶었기 때문이다.

나 또한 대학 시절, 그림과 미술사를 공부하고 대학원에서 미술 치료를 전공했다. 그러다 보니 그림을 통해 얻을 수 있는 심리적인 안정감과 치료 효과를 잘 알고 있고 그 과정을 독자들이 경험하게 해주고 싶은 마음도 있었다.

사실 바쁜 현대인에게 마음이 아플 때마다 매번 미술 전시회에 가라고 할 수도 없는 노릇이다. 심리학과 미술을 함께 공부한 만큼 두 분야의 장점을 살려 독자들의 눈과 마음에 즐거움을 선사하고 싶었다.

항상 두꺼운 교과서를 보며 학창생활을 보낸 사람들에게도 적어도 이 책을 읽는 동안만큼은 마음의 '쉼'과 영혼의 안식처를 마련해주고 싶었다. 마음이 너무 힘든 날, 커피 한 잔 마시며 이 책을 읽으면 그림과 글 속에서나마 삶의 무거운 짐을 조금은 가볍게 할 수 있지 않을까, 하는 소망을 가져보기도 한다.

돌이켜보면 나 역시 일 중독자로 주말도 없이 20대와 30대를 보낸 것 같다. 박사 과정을 밟는 동안 졸업과 동시에 내 앞에 무지개 같은 길만 펼쳐질 줄 알았지만, 사회에 나가 보니 예상과는 거리가 멀어도 한참 멀었다. 이제는 또 다른 고난의 시작이라는 것을 알고 얼마나 허탈하던지…. 사람들과의 관계도 마찬가지였다. 이만큼 오래 알았으면 이제는 나를 이해하겠지 하는 순간에 생각지도 못한 오해들이 생겨났고 결국엔 삐거덕거리며 원치 않은 이별도 해야 했다. 반대로 별로 친해지고 싶지 않던 사람들과 친해져 전혀 예상치 못하게 오랜 친구로 남았던 경우도 있다. 이런 기억들을 하나씩 떠올려 보면 정말 사람과의 관계는 오묘하고 알 수가 없다는 생각이 절로 든다.

한편, 오랜 유학생활을 마치고 한국으로 돌아온 후 나는 다양한 일을 할 기회를 얻었고 현재 '갈등관계 심리 연구소' 소장으로서 삶에 대한 전반적인 이해와 소통에 대한 연구를 이어가고 있다. 인간은 누구나 죽을 때까지 외로움을 느끼다 생을 마감한다. 그래서 우리는 끊임없이 관계를 맺고 싶어 하는 동시에 그만큼 상처받을까 봐 두려워한다. 하지만 때로는 그 상처가 우리 자신을 보게 하고 상대방도 들여다보게 해 주는 역할을 하니 나쁘다고만 할 수도 없다.

세상을 살아가면서 사람과의 관계 속에서 갈등을 경험하지 않는 사람들은 없다. 그리고 우리는 누구나 좋은 사람과 좋은 만남을 이어가기를 원한다. 자기 자신 또한 좋은 사람이 되기를 바라면서 말이다. 그렇다면 좋은 관계란 나와 상대방 중 어느 쪽에서부터 시작될까? 이 질문에 대한 답은 나에게 주어진 평생의 숙제이기도

하다. 어느 때는 좋은 사람을 만나다 보니 내가 좋은 사람이 되는 것 같기도 하고 또 어느 때는 나를 만나서 상대방이 좋은 사람이 되는 것 같을 때도 있다. 마치 닭이 먼저냐 달걀이 먼저냐를 두고 논란이 분분한 것처럼 이 문제 역시 쉽게 답을 내리기는 어려울 것 같다.

그런데 중요한 것은 그것이 아니다. 어느 쪽에서 먼저 시작이 되든 좋은 관계를 맺으려면 우선 나 자신부터 준비되어 있어야 한다. 그래야 상대가 누구든 건강한 관계를 맺을 수 있다. 내가 준비되어 있지 않다는 것은 좋은 사람을 알아볼 눈이 없다는 뜻이다. 이것은 결국 나의 내면에 빛이 있어야 사람을 통찰할 수 있다는 것을 의미한다.

물론 굉장히 좋은 사람을 만나 정말 좋은 관계로 이끌어주고 깨달음을 주는 사람도 있기는 하다. 하지만 그것은 아주 드문 일이 아닌가 싶다. 상대방이 어떤 사람인지에 따라 휘둘리지 않으려면 나 자신부터 건강한 내면을 갖추고 당당한 사람이 되어야 한다. 상대방이 갖고 있는 알 수 없는 변수에 흔들리는 내가 되는 것보다 나의 내면을 단단하게 다져 상대방의 연약함도 장점으로 바꿀 수 있는 사람이 된다면 모든 관계에 대한 두려움은 훨씬 줄어들 것이다.

세상에 완벽한 관계란 없다. 우리 모두 실수와 부족함을 깨닫고 서로 보듬어 가며 쌓아 올리는 것이 바로 관계일 것이다. 다만 그 관계를 좀 더 성숙하고 아름답게 쌓아 올린다면 좋은 인생의 열매를 거둘 수 있을 것이다.

사실 누군가를 돕고 위로하고, 나 또한 위로받으면서 조화로운 관계를 맺는다는 것은 어려운 일이다. 특히, 몸과 마음이 아픈 사람들의 마음을 달래주는 것은 정말 쉬운 일이 아니다. 지금도 나는 만성 통증에 시달리고 있다. 그것을 견디는 것이 무척 고되고 힘들지만 약을 먹을 때마다 하루하루 나아지고 있다는 소망을 갖고 견뎌내고 있다. 무엇보다 정말 감사하고 다행스러운 것은 주변에 좋은 지인들이 있어 많은 사랑과 위로를 받고 있고 그 관계 속에서 회복되고 있다는 것이다.

이 책은 내 인생에서 가장 아프고 힘든 시기에 너무나 값진 위로와 사랑을 받으며 겸손함과 감사함으로 쓴 책이다. 어떤 책이든 글을 쓴 사람에게는 남다른 의미를 가질 수밖에 없다. 나에게 너무나 가치 있고 의미 있는 이 책이 독자들이 인생을 살아가면서 맺는 모든 관계 속에서 좀 더 성숙한 사람으로 거듭날 수 있도록 도움을 줄 수 있기를 바란다. 그렇게 독자들과 인연을 맺는 모든 사람이 값지고 좋은 인생의 열매를 맺는 데 도움이 되는 매개체가 되길 간절히 소망한다.

김정훈 목사님 추천사

| 축복교회 담임목사 |

한국 사회에서 지금 가장 필요한 것은 진정한 소망과 위로라고 생각합니다. 이 책을 읽는 동안 제 마음이 느낀 것은 '쉼'이었습니다. 진정한 쉼은 잠을 잔다거나 어딘가로 놀러 가는 것이 아닙니다. 진짜 쉼은 제대로 된 안식에서부터 시작되어야 합니다.

〈요한복음 14:27〉

"평안을 너희에게 끼치노니

곧 나의 평안을 너희에게 주노라.

내가 너희에게 주는 것은 세상이 주는 것과 같지 아니 하니라.

너희는 마음에 근심하지도 말고

두려워하지도 말라."

요한복음에 나와 있듯이 진정한 평안과 쉼은 하나님께로부터 나와야 합니다. 김혜진 자매님의 책 안에서 이러한 '쉼'이 느껴지는 것은 믿음으로 기도하고 본인의 아픔을 주님의 사랑으로 치유받으며 이 글을 써나갔기 때문이라고 생각합니다.

언젠가 환담을 나누던 중 "목사님, 사람들을 위로할 수 있는 책을 쓰고 싶어요."라는 말을 했던 것이 기억이 납니다. 기도 부탁을 받은 뒤 정말 진심으로 기도하며 자매님의 글 속에 주님의 사랑과 위로가 가득하기를 기도했습니다. 그렇게 기도하기 시작한 지 엊그제 같은데 벌써 책이 나오니 감회가 새롭습니다.

자매님이 힘든 시기를 맞이하고 아픈 마음을 추스르기까지의 과정을 잘 알고 있는 저로서는 한 줄 한 줄 읽으며 눈시울이 붉어지곤 했습니다. 그 고난을 통해 자매님의 믿음이 성장하고 진정한 그리스도인의 사명을 찾아가는 모습을 보며 저 또한 목회자로서 보람을 느꼈습니다.

사람의 인격에서 향기가 나듯이 책에도 고유의 향기가 있습니다. 이 책에서는 주님의 사랑의 향기가 배어 나옵니다. 아마 이 책을 읽는 독자분들 역시 저와 마찬가지로 영혼의 위로를 받으실 수 있을 것입니다.

이 책에는 자매님의 평소 성품이 그대로 우러나옵니다. 항상 아픈 영혼들을 위해 기도하는 자매님의 진실한 마음이 느껴져 얼마나 반가운지 모릅니다. 이 책의 묘미는 그림과 잘 어우러지는 각각의 에피소드에 자매님이 겪으신 삶의 경험이 진솔하게 묻어나오는데 있습니다. 읽는 동안 얼마나 많이 공감했는지 모릅니다. 사람의 마음을 움직이는 것은 결국 '진심'입니다. 화려한 미사여구가 아닌, 누구나 겪을 수 있는 인생의 아픔들을 옆집 언니에게 이야기하듯이 풀어나가는 에피소드들이 그지없이 친근하게 느껴지실 것입니다. 그리고 정말로 힘든 일을 겪고 있는 분들에게 도움이 되리라 생각합니다.

요즘 한국은 신음하고 있습니다. 모두들 서로에게 상처를 주고 끊임없이 비관하며 미래가 없다고 말하는 젊은 사람들이 늘어나고 있습니다. 이렇게 힘든 시기일수록 우리는 모여야 하고 건강한 관계를 맺어야 합니다.

인터넷이나 SNS로 소통하는 것보다 얼굴과 얼굴을 마주하고 눈을 바라보며 서로의 영혼을 느끼고 살아있음을 서로가 확인해줘야 합니다. 우리는 알파고와 다른 인간이기 때문입니다. 아무리 힘들고 갈등이 있다 해도 그 관계 속에서 우리는 또 살아나갈 수 있습니다.

수십 년간 부흥강사로, 목회자로 사역했고 지금은 미국에서 선교사로 활동하며 저 또한 많은 관계의 어려움에 부딪히곤 합니다. 사실 모든 관계에는 갈등이 있기 마련입니다. 천국이 아닌 이 땅에서의 관계는 완벽하지 않기 때문이지요. 아마도 이 갈등을 어떻게 풀어나갈 것인지에 대한 문제는 이 세상에 사는 모든 사람들이 안고 있는 평생의 숙제가 아닐까, 생각합니다.

오랜 세월을 산 사람일수록 만나고 헤어지는 것조차 우리 뜻대로 되지 않는다는 것을 깨달았을 것입니다. 이 오묘하기 그지없는 모든 관계에 대한 답은 하나님과의 친밀한 관계 속에서 주어지는 지혜로 풀어야 한다고 생각합니다.

제가 평생 동안 가슴속에 간직한 목회 철학은 '한 영혼의 귀중함'입니다. 타인의 영혼을 사랑으로 볼 수 있다면 그 사람은 어떤 관계 속에서도 좋은 열매를 맺을 수 있습니다. 세상의 모든 영혼들은 저마다 연약함을 품고 있습니다. 한 영혼을 살리기 위해서는 그리스도인으로서 상대의 허다한 허물을 덮어주며 주님의 사랑으로 열매 맺어야 합니다.

저 또한 많은 영혼을 치유하고 상담하면서 나와 하나님과의 관계가 얼마나 중요한지를 깨달았습니다. 사람들의 평판과 시선이 중심이 아닌 오직 주님을 바라보며 순종하고 나아가는 것이 제가 삶을 통해 얻은 모든 지혜의 근본입니다. 축복교회 교인으로서 제가 귀한 하나님의 딸로 여기는 자매님의 책이 전 세계 모든 사람들의 마음을 위로하고 쉼을 줄 수 있는 계기가 되기를 바랍니다.

〈고린도전서 13:4~7〉

"사랑은 언제나 오래 참고

사랑은 온유하며 투기하는 자가 되지 아니하며

사랑은 자랑하지 아니하며 교만하지 아니하며

무례히 행치 아니하며

자기의 유익을 구치 아니하며 성내지 아니하며

악한 것을 생각지 아니하며

불의를 기뻐하지 아니하며 진리와 함께 기뻐하고 모든 것을 참으로 모든 것을 믿으며 모든 것을 바라며 모든 것을 견디느니라."

　내가 사회에서 만난 저자 김혜진 박사는 겉보기엔 화려하고 다재다능해서 내면의 상처나 불안, 두려움, 열등감과는 거리가 먼 사람 같았다. 오히려 따라잡기 어렵게 급속도로 변화하는 현실에서 남들이 부러워하는 비즈니스 같은 분야에서 성과를 내는 일에 더 적합해 보였다.

　그런 나의 선입견과 달리 저자는 관계 속의 사람들이 갖는 내면의 아픔을 함께 공유하고 치유하는 일이 바로 진정으로 자신이 해야 하는 일이라는 사명감을 갖고, 그 과정을 통해 스스로 충만한 기쁨을 느끼는 듯했고, 그런 저자가 솔직히 현실과 잘 어울리지 않는다고 생각했었다.

　그러나 이 책을 읽으면서 저자에 대한 나의 생각은 그야말로 선입견이며 아주 피상적이었다는 것을 새삼 느낀다. 그리고 저자가 평소 상담하고 가르치는 일에 사명감을 갖고 몰입하는 이유를 비로소 알게 되었다고나 할까.

이 책은 미국 명문대학에서 교육심리학, 철학, 미술치료, 특수교육 석사와 특수교육학 박사 학위를 취득한 저자가 이른바 '가방끈이 긴' 스펙을 자랑하며 현란한 이론이나 학설로 설명하지 않는다.

오히려 누구나 쉽게 이해하고 공감할 수 있는 '우리들의 말'로 현대 사회의 우리 모두가 직면한 관계의 중요성과 어려움, 그에 대한 해결 방안을 미술치료를 전공한 저자답게 삽화와 함께 편안하게 술술 풀어나간다. 문장 하나하나가 모두 저자의 체험에서 비롯된 것이며, 저자가 경험한 내면의 나약함을 있는 그대로 드러내고 솔직하게 대면하고 인정함으로써 그로 인한 굴레와 속박에서 싸우지 않고 화해하고 벗어나는 과정을 보여주고, 좀 더 성숙한 자아로 나아가도록 도와준다.

"시간은 절망을 마주할 수 있는 유일한 수단이다."

"인공지능에 뺏기지 말아야 하는 것이 있다. 바로 살아 있는 사람들이 서로의 눈을 마주 보고 마음을 나누며 '사랑의 힘'을 키우는 일이다."

"영혼의 밤을 지날 때는 심장이 뛰고 있다는 것에 집중해야 한다. 그래야 숨을 쉬며 버틸 수 있다. 죽을 만큼 고통스럽다면 딱 하루만 생각하자. 하루살이처럼 하루만 살아내보자."

"쫄지 마. 인생 별거 아니야."

책을 읽는 동안 저자가 어떻게 내면의 아픔에 대처하고 용기를 내어 살아왔는지, 바로 그 저자의 모습이 우리 모두의 모습임을 공감하게 된다. 전문가들의 어려운 학술 용어나 접근 방식이 아니라서 생각의 끊어짐 없이 편안하고 평화롭게 독자 스스로 자신의 내면을 대하는 시간을 보낼 수 있게 해줄 것이다.

II. 너의 진심이 뭔데?

III. 나부터 행복해지자

IV. 오늘 하루면 충분해

V. 나를 보는 힘

I.

나를 억지로 일으켜 세우지 않기

이별은 언제나 낯설다

아무리 반복해도 이별은 낯설기만 하다. 아름다운 추억으로 남을 거라 애써 생각하려 해도 괜찮은 이별이란 없는 것 같다. 모든 이별은 하염없이 비를 맞으며 울고 싶을 만큼 아프기 때문이다.

배신감, 억울함, 분노, 서글픔…. 세상의 모든 나쁜 감정들이 내 마음을 얼어붙게 하고 있다. 모두 이별 때문이다. 그래서 이별은 내게 두려움이다. 얼음처럼 차가워진 마음이 퍼석, 하고 깨져버리면 내가 온전히 살아갈 수 있을까 싶어 두려워질 때도 있다.

사실 머리로는 알고 있다. 이런 과정들이 우리를 성숙하게 하고 때로는 지혜롭게 만들기도 한다는 걸…. 하지만 머리로 아는 것과 가슴으로 받아들이는 것은 다른 문제다. 보통 다른 일들은 서너 번 하면 익숙해지고 어떤 사람들은 달인이 되기도 하는데 이별은

아무리 많이 해도 달인이 되지 않는다. 그래서 이별은
우리 삶이 끝날 때까지 우리가 동행해야 할 반갑지 않은
친구인 것 같다.

이 또한 지나가리라

누군가 때문에 죽을 것같이 마음이 아파도 시간이 지나면 무뎌지기 마련이다. 그믐달이 그림같이 떠오른 밤, 쉴 새 없이 눈물 흘리며 마음 아파하다가도 시간이 지나고 나면 아픔은 잦아들고 상처는 아물기 마련이다.

당장은 악연으로 얽힌 사이 같아도 그 사람과의 관계 속에서 자신이 어떤 사람인지 알아가기도 하고 상대방의 진심을 뒤늦게 알게 되는 경우도 있다. 그리고 시간이 지난 후에야 진짜 사랑이었는지 아니면 그 반대였는지 깨닫는 사람도 있다. 전자는 사랑을 알아보지 못한 자신을 원망하고 후자는 인연이 아닌 사람을 붙잡았던 어리석음을 탓하기도 한다.

"만날 인연은 언젠가 다시 만나게 된다."

"기다리다 보면 어디에선가 새로운 인연이 올지도 모른다."

어른들의 말이 사실이라는 것은 안다. 하지만 머리로는 알아도 가슴으로 수긍하기까지는 한참 걸리는 것도 사실이다. 어떤 이별이든 가슴이 아프다는 것은 변함없는 진리이다. 하지만 각각의 이별에서 우리는 사람에 대해 많은 것을 배울 수 있다.

아플 때는 그냥 아파보자. 마치 해부당하는 것 같은, 가슴이 찢기는 느낌이라도 아픔은 느껴야만 지나간다. 끝도 없이 이어질 것 같은, 끝나지 않을 것 같은 고통이라도 세상에 영원한 사랑은 없는 것처럼 영원한 고통은 없다.

사실 우리 모두는 이미 알고 있다. '이 또한 지나가리라는 것'을….

흔하디흔한 말이지만 모든 것은 시간과 함께 마음에서 멀어지기 마련이다.

사랑이란 완벽한 바보가 되는 것

살아가면서 누구나 지독한 사랑을 한 번쯤은 하게 된다. 어떤 사랑이든 마음이 아픈 것은 매한가지다. 나의 행복보다 그 사람의 행복이 중요해지기 때문이다. 그냥 내 마음이 아프더라도 그 사람이 행복해지길 간절히 바라게 된다.

내가 너무 바보 같은데도, 생각만 해도 마음이 아픈데도 끊임없이 다 퍼주게 된다. 그 사람 앞에서는 계산기가 두드려지지 않는다.

그래서 사랑에 빠진 사람은 완벽한 바보가 된 것처럼 보인다. 주고 또 줘도 아무것도 준 것이 없는 것 같은 마음, 그 마음은 사랑에 빠진 사람만이 알 수 있다.

설사 내 마음이 다친다고 해도 상대의 행복을 먼저 생각하는 마음, 그것이 사랑이다. 그래서 사랑은 아픈 건가 보다. 나보다 상대

의 마음이 먼저 보이니까….

하지만 인생에서 한 번쯤 이런 사랑을 할 수 있는 사람을 만난 다는 건 아름다운 일인 것 같다. 나이를 먹을수록 계산할 줄 몰랐 던 그 순수한 마음이 그리워진다. 늘 나보다 상대가 먼저였기에 그 렇게나 가슴 아팠던 20대의 풋사랑도 시간이 지나니 추억이 된다. 그러니 너무 서러워하지 말자. 아무리 아파도 시간이 지나면 무뎌 진다. 그렇게 세월이 지나다 보면 어느 날 문득 커피 한 잔 마시며 피식, 웃음 지을 수 있는 날이 오게 되니 말이다.

진짜 친구가 있어?

문득 이런 생각이 들 때가 있다.

핸드폰에 번호가 저장되어 있는 친구들 그리고 아는 사람 중에 일 년에 두세 번 이상 만나는 친구는 과연 몇 명이나 될까?

내 마음이 무너지고 흩어져서 주워담지 못할 때, 찾아와줄 수 있는 친구는 몇 명일까? 그나마 다행인 것은 아주 많지는 않지만 내게는 소울 메이트(soulmate)라고 부를 수 있는 친구들이 있다는 것이다.

그 친구들은 지금 내 마음이 아프다는 것을 알면서도 유난스럽게 묻거나 알려고 하지 않는다. 심지어 말도 많이 안 한다. 그냥 같이 영화 한 편 보고 말 때도 있다. 그리곤 해학적으로 위로한답시고 자학 개그를 한다.

"야, 난 두 번 결혼해서 파산이야, 넌 그냥 마음만 추스르면 돼."

생각지도 못한 셀프 디스에 우리 둘 다 빵 터지며 웃었다. 말주변 없고 쑥스러움을 많이 타는 친구가 어떻게든 나를 위로해주려고 애쓰는 모습을 보니 그 마음 때문에 위로가 됐다.

나에겐 자기 아픔보다 상대의 아픔을 더 걱정해주는 친구가 있다. 그래서 나는 참 행복하다. 돈이 많은 것보다 이게 진짜 부자의 삶이 아닌가 싶다. 돈이면 다 되는 세상이라지만 사람의 진심은 돈으로 살 수 없다. 나에겐 조건 없이 진심을 주는 친구들이 있어 나를 진짜 부자로 만들어준다. 정말, 너무, 감사한 일이다.

지금 당장 핸드폰에서 진짜 친구를 찾아보자. 나와 같이 울어줄 수 있고 힘들 때 달려와줄 수 있는 친구를 찾아보자. 그 친구는 삶이 당신에게 준 커다란 선물이다.

갑질을 당한 날

다분히 감정이 섞인 갑질을 당할 때면 참 비굴하다는 생각이 든다. 더 기가 막힌 것은 당하고 나서야 분한 마음이 스멀스멀 밀려온다는 것이다. 같이 욕이라도 해줄 걸, 하는 생각이 들면 분하고 속상한 마음은 더 커진다. 그러고는 후회한다.

'그때 날 제대로 보호했어야 했는데 난 왜 이렇게 바보 같지?'

그런데 가만히 생각해보면 갑질하는 사람들도 안 된 구석이 있다.

그들은 사람의 마음을 소중하게 여길 줄을 모른다. 어쩌면 그들은 자신들이 가진 것이 전부라고 생각하고 그것을 지키는 데만 온 신경을 기울이는지도 모른다. 그것은 불쌍하고 가난한 삶이다. 아무리 가진 것이 많아도 세상 전부를 가질 수는 없다. 게다가 정작 그들에게 필요한 믿음, 신뢰, 안정은 돈으로는 살 수 없는 것들이다.

보이는 것이 전부라고 믿는 그들의 욕심은 끝이 없다. 그래서 많은 것을 가졌는데도 늘 결핍에 시달린다. 이렇게 보면 그들도 정말 불쌍한 사람들이다. 그래서 나는 오늘도 다짐한다.

당신이 갑이라면 배려하는 따뜻한 '갑'이 되자. 당신이 을이라면 '당당하고 행복한 '을'이 되자.

절망과 만나야 할 때

절망이란 놈을 자기 인생에 초대하는 사람은 없다. 하지만 절망은 예상치 못한 순간 불쑥 불청객처럼 찾아오곤 한다. 절망이 다가올 때 우리는 피할 수도 없고 대처할 힘도 없는 경우가 부지기수다. 가볍게 넘길 수 있다면 그것은 이미 절망이 아니다.

슬프게도 우리에겐 절망을 단번에 극복할 수 있는 특별한 방법이 없다. 특히나 건강 문제는 마음먹은 대로 해결하기 쉽지 않다. 무방비 상태에서 일방적으로 당하는 경우가 대부분이다.

친한 언니가 뇌종양 수술을 받은 후, 혼자 걷는 것조차 버거운 상태로 살게 되었다. 전화로 목소리를 듣는 것만으로도 절망의 무게가 느껴져 위로의 말조차 생각나지 않았다. 나에게도 그랬지만 언니의 대단한 열정과 독립심은 많은 후배에게 귀감이 되었다. 언니는 우리의 우상이었다.

언니의 불행은 건강문제로 끝나지 않았다. 이혼의 상처가 채 가시기도 전에 언니는 절친의 자살 소식을 들어야 했다. 그 이야기를 들었을 때 내 눈에도 기어이 눈물이 고였다. 솔직히 그런 상황에서는 뭐라고 위로의 말을 해야 할지 아무 생각도 나지 않는 것이 차라리 정상이 아닐까?

삶에 대한 모든 기대를 내려놓은 듯한 언니의 말이 지금도 귓가에 쟁쟁하다.

"하루하루 살아나가는 거…
그게 대단한 일이라고 생각하기로 했어."

그 말을 듣는 순간, 이루 말할 수 없는 답답함이 가슴을 짓눌렀다. 시간을 채워나갈 뿐인 삶이 무슨 의미가 있을까 싶었다.

그런데 생각해보니 그 말이 바로 정답이었다. 사실 절망을 극복하는 데 뾰족한 해결책이 어디 있겠는가? 하루하루를 견디고 있는 것만으로도 대단한 일이다.

시간은 절망을 마주할 수 있는 유일한 수단이다. 절망과 함께 하루하루 내가 할 수 있는 일을 해가며 견디다 보면 서슬 퍼런 절망의 색도 점점 옅어질 것이다. 그리고 어느 순

간 눈치를 보며 문밖으로 빠져나갈 것이다. 그
때를 기다리며 오늘도 불같은 절망을 견디고
있다.

물론 절망은 그렇게 쉽게 우리를 놓아주지
않을 것이다. 그렇기 때문에 전혀 괜찮지 않은
우리 자신을 섣불리 위로할 필요가 없다. 하루
하루에 집중하며 최선을 다해 내가 할 수 있
는 일을 하고, 내 마음을 들여다보고 있으면
어느덧 시간이 흐르고 아무렇지도 않은 자신
과 만나게 될 것이기 때문이다.

행복이란 무엇일까?

어느 날 문득 나 자신에게 물어보고 싶어졌다.

'혜진아, 지금 행복하니?'

행복이 거대한 산 너머에 있다고 생각할 때, 나는 좀처럼 행복할 수 없었다. 그러다가 요즘 뜨는 유행어 '소확행(小確幸, 소소하지만 확실한 행복)'이란 말을 보며 작은 것에서부터 행복이란 감정을 느껴보려고 노력했다.

아이스 카페 라테를 마시며 좋아하는 책을 보는 아침 시간, 그리고 얼굴만 봐도 내 마음 상태를 기가 막히게 알아보는 진짜 친구들… 생각해보니 이게 진짜 행복이구나 싶다.

우리는 행복의 기준을 너무 높게 잡곤 한다. 나이에 맞는 적절한 성공, 결혼, 서울에서의 집 한 채…. 행복의 조건은 각자 다르기

마련인데 우리는 일반화된 조건을 갖추기 위해 지나치게 에너지를 소모한다. 무언가를 성취하고 소유한다는 것은 분명 우리를 만족시키지만 그것이 행복으로 향하는 유일한 길은 아니다.

마음먹기에 따라서는 내가 숨을 쉰다는 것, 내 앞의 나무와 꽃들이 나와 함께 숨쉬고 있다는 것에도 행복을 느낄 수 있다. 그리고 하루만이라도 그렇게 살 수 있다면 우리는 너무나 많은 것들에 감사하며 살 수 있고 그 마음은 또 다른 행복을 우리 앞에 가져다 줄 것이다.

바쁜 시간, 점심 식사 후의 노곤함을 쫓기 위해 마시는 커피 한 잔, 맛있는 케이크 한 조각에 의미를 부여해보자. 우리는 충분히 그 순간을 행복하게 만들 수 있는 능력이 있다. 우리의 내면 깊숙이 잠들어 있는 행복의 힘을 불러보자.

그냥 넘어져 있자

길을 가다 보면 넘어질 때가 있다. 툭툭 털고 금방 일어날 수도 있지만 크게 다쳐 병원에 가야 하는 경우도 있다.

마음도 마찬가지다. 호되게 넘어져 아프고 쓰린데 내가 넘어졌다는 것을 인정하기 싫을 때가 있다. 빨리 일어나고 싶고 지금의 슬픔 따위 훌훌 털어버린 다음 언제 그랬냐는 듯 까맣게 잊고 싶을 때가 있다.

하지만 마음은 기계가 아니다. 내가 생각하고 결심한 대로 따라와주지 않는다. 어떤 사람들은 의지가 부족해서 그런 것이라고 핀잔을 주기도 한다. 자기 마음 하나 제대로 컨트롤하지 못하면 아무 일도 할 수 없을 거라고 모진 말을 내뱉기도 한다. 물론 자기 딴에는 충고라고 생각할 수도 있다. 그런데 궁금해지는 것이 있다. 그런 말을 하는 사람들은 자기 마음의 소리를 들어본 적이 있을까?

마음도 많이 아플 때는 쉬어야 하는 법이다. 내 마음이라고 해서 마음을 혹사할 권리는 없다. 오히려 마음이 내는 소리를 무시하면 언젠가 마음은 우리를 상대로 반란을 일으킬지도 모른다.

넘어진 김에 쉬어 간다는 말이 있다. 때로는 넘어지면 넘어진 대로 그냥 있는 것도 괜찮다. 슬프면 슬픈 대로 그 자리에 머물러 있는 것도 나쁘진 않다.

누군가가 그리우면 그리운 대로 있어보자. 미우면 미워할 수 있는 만큼 마음껏 미워해보자. 매달리고 싶으면 매달려보는 것도 한 번쯤 해보자. 그러다 보면 어느 순간 일어날 때가 올 것이다. 마음에는 자생력이 있다. 우리에겐 그 자생력이 회복될 때까지 누워있을 시간이 필요할 뿐이다. 지독한 감기에 걸리면 약을 먹고 쉬어야 하는 것처럼 마음에게도 회복할 시간을 주면 된다. 충분히 쉬고 일어나면 마음은 한 뼘 더 성장해 우리를 성숙하게 만들어줄 것이다.

괜찮아, 그럴 수 있어

직업상 상담 치료가 필요한 내담자들과 성폭력 사건의 피해자를 만나는 경우가 있다. 어떤 때는 강의를 마친 후 몇몇 학생들의 사연을 듣고 상담을 해줘야 할 때도 있다. 강의 주제가 성폭력, 인권과 법, 피해자 치료 등 무거운 주제일 때가 많기 때문이다.

"어떻게 이렇게 살 수가 있죠?"

상담할 때 자주 듣는 말이다. 오랫동안 아버지의 성폭력을 견뎌야 했던 한 아이는 칼로 자해를 하지 않으면 하루하루를 견딜 수 없다고 했다.

"선생님, 나 같은 사람 이해가 안 가죠? 저는 하루하루 사는 게 힘들어요."

지독한 좌절감에 빠져 헤어나오지 못하는 내담자를 만날 때면 나마저도 잠을 이루지 못할 때가 많다. 아무리 내가 심리학자이고 상담자라고 해도 좀처럼 객관화하기 어려운 사연은 있기 마련이다. 아무리 노력을 해도 나 역시 사람이기 때문에 마음이 아픈 것은 어쩔 수 없다.

사실 이들에게는 섣부른 위로가 오히려 상처가 된다. 그럴 때 나는 진실한 마음으로 내담자들의 말을 경청한다. 내 능력의 최대치를 발휘하는 순간이 바로 이때이다. 이들의 마음은 깊은 죄의식의 바다를 헤엄치고 있다. 그들은 현재 자신의 모습을 받아들이지 못한다. 이들이 자신 스스로를 거부할 때마다 나는 이렇게 말한다.

"괜찮아, 그럴 수 있어. 나도 그런 고통을 겪었다면 그렇게 했을지도 몰라. 상담을 하다 보면 조금씩 나아질 거야. 반드시 나아질 수 있어."

언뜻 들으면 별말 아닌 것 같아도 환자들이나 학생들은 이 말에 마음을 열고 다가와 준다. 그리고 이후에는 더 긍정적인 자세로 치료를 받는다.

하지만 모든 상황에서 이 말이 유용하게 쓰이는 것은 아니다. 아무리 마음을 열려고 해도 모든 노력이 아무런 소용이 없는 경우도 있다. 그럴 때면 나는 이런 생각을 한다.

'우리 모두 절박한 상황에 몰리게 되면 어떻게 될지 모른다. 상

대방의 고통을 100% 이해할 수 있는 사람은 없다.'

절망의 심연 속에 빠져 스스로를 세상과 분리한 사람들을 보고 있으면 나조차도 어찌할 바를 모를 때가 있다. 그때 내가 해줄 수 있는 최선의 말은 이것이다.

"괜찮아, 그럴 수 있어."

단, 이 말을 할 때는 한 가지 조건이 갖춰져야 한다. 형식적으로 위로하는 것이 아닌 진심을 담아야 한다는 것이다. 진심을 담는다는 것은 상대의 아픔을 헤아리고 이해하려고 노력하는 것을 말한다. 상대의 말을 귀 기울여 경청하고, 오랫동안 기다려주는 것도 포함된다.

진정성과 인내심이 전해질 때 사람의 마음은 열린다. 절망과 죄의식에 잠식된 영혼에게 진심은 굳게 잠긴 마음의 문을 열 수 있는 유일한 열쇠이다.

🌵 고난에 대처하는 방법

 고난이 찾아올 때면 처음엔 재수가 없네, 라며 무심히 넘기려고 한다. 그러다 문득 이런 생각이 들 때도 있다.

'왜 하필 나야?'

그러다 수위가 높아지고 빈도수가 잦아질수록 고통의 세기는 더욱 강해진다. 결국, 쉽게 털어내기 어려운 지경까지 몰리게 되고 그때는 모든 것에 예민하게 반응하게 된다.

새벽에 전화가 울린다. 좋은 일은 아닌 것 같다. 받아보니 친한 언니이다. 워낙 속내를 드러내지 않는 언니인데 지금은 정말 힘든 것 같다.

"내가 뭘 잘못했나? 벌 받는 건가?"

무슨 일이 있었는지 말해주지는 않고 심상치 않은 넋두리만 늘어놓는다. 워낙 모범적으로 사는 언니라 나는 웃으며 이렇게 말한다.

"언니가 벌 받으면 세상 사람 다 감옥 가게?"

내 말이 위로가 됐는지 언니가 따라 웃었다.

지금도 나는 그 언니의 고민이 뭔지 잘 모른다. 그런데 생각해보면 나도 고난을 겪을 때면 내가 뭘 잘못해서 이러나, 하는 생각을 한다. 과거에 저지른 실수와 잘못들이 부메랑이 되어 내게 돌아온 것 같을 때도 있다. 특히, 사람들과의 관계 때문에 힘들 때는 심하게 자책을 하게 된다. 내가 사람 보는 눈이 그렇게 없나, 하는 생각에 사로잡히게 된다. 그런데 생각해보니 고난 없는 인생은 세상에 존재하지 않는다. 삶이라는 광야를 지나는 동안 사람은 누구나 고난의 순간을 맞이할 수밖에 없다.

직업 자체가 다른 사람의 이야기를 듣는 일이다 보니 여러 사람을 만나게 된다. 그리고 수없이 많은 고난을 마주하게 된다. 그들에게 차이점은 고난이 있느냐 없느냐가 아니다. 그 고난을 어떻게 대하는지 태도의 차이가 있을 뿐이다. 긍정과 감사로 이겨내느냐, 자괴감으로 이어지느냐, 남을 원망하느냐…. 이 부분은 우리가 선택할 수 있다. 고난 자체가 문제가 아니라 어떤 마음가짐으로 대하느냐 그것이 더 중요하다. 우리에게 살고 싶은 대로 인생을 선택할 수 있는 권리는 없다. 하지만 삶을 대하는 마음가짐은 '선택'할 수 있다.

한 번 생각해보자. 상황을 예측할 수 없고 환경을 바꿀 수는 없더라도 긍정적인 마음가짐을 갖는다면 희망은 있다. 마법처럼 고난이 사라지진 않아도 적어도 고난의 늪에 빠져 허우적거리는 일은 없을 테니까. 마음 아프게 했던 말들과 힘들었던 기억은 되도록 털어버리고 묵상하지 말자. 좋았다면 추억이고 나빴다면 중요한 경험일 뿐이다.

인생은 끝없는 사막을 걸어가는 여정과 같다. 그 사막을 건너다 보면 궂은일을 겪을 수도 있고 좋은 동행을 만날 수도 있다. 뜨거운 햇볕과 차가운 밤을 견디며 묵묵히 가다 보면 어느새 힘든 길들을 많이 지나와 있을 것이다. 언제 끝날까를 생각하지 말고 하루하루 걸어가보자. 그러면 언젠가 먹구름처럼 덮여 있던 고난이 걷어지는 날이 올 것이다. 보이지 않는 끝을 보지 말고 내 마음을 지키고 다스리며 내 앞에 놓인 길에 집중하자. 그것이 고난에 대처하는 가장 현명한 방법이다.

"나는 진심을 가진 사람일까?"

누구나 진실한 사랑을 하고 싶어 한다.

그런데 진심이란 것은 과연 무엇일까?

이 세상에서 제일 힘든 관계는 무엇일까?

사랑이란 무엇일까?

II.

너의 진심이

뭔데?

사실(FACT)과 진실(TRUTH), 그리고 진리(TRUTH)

  어쩌면 우리는 무엇이 사실이고 무엇이 진실인지 그리고 진리는 또 무엇인지 알기 위해 평생 고민하며 살아가고 있는 건지도 모른다. 사실과 진실 그리고 진리는 저마다 의미와 가치를 가진다. 그렇기 때문에 무엇을 우선순위에 둘지 결정하는 것은 쉬운 일이 아니다. 하지만 상황을 잘 이해하려면 이 세 가지를 구분해야 할 때도 있다.

사실(事實): 실제로 있었던 일이나 현재에 있는 일

진실(眞實): 왜곡이나 은폐, 착오를 모두 배제했을 때 밝혀지는 유

일한 사실

진리(眞理): 시간과 공간을 초월해 누구나 인정할 수 있는 보편적

이고 불변적인 사실 혹은 참된 이치나 법칙

진실과 진리를 영어로 보면 둘 다 'TRUTH'이다. 그런데 한국어로는 두 개념이 다른 의미로 받아들여진다. 진실은 사실에 대한 평가나 고찰의 의미가 있지만 진리는 '참된 이치와 도리'라는 의미가 강하다. 즉, 진리는 종교적인 언어로 간주하곤 한다.

진리는 불변이라는 단어와 함께 많이 쓰일 정도로 일반적으로 널리 사용되는 단어가 아니다. 한국어에서 진리는 인간의 삶, 존재에 대해 논할 때 주로 사용되고 법칙과 원리로서의 뉘앙스가 강하다.

반면, 진실은 사람의 신념 혹은 신의와 관련되는 경우가 많다. 진실을 탐구하다 보면 필연적으로 사실에 대한 평가가 수반되기 때문이다. 그러므로 진실이 밝혀지기까지는 사실에 대한 개인의 해석과 판단이 덧붙여지기 마련이다. 그래서 어느 것이 진실인지는 지난한 과정을 거쳐 규명되는 경우가 많다.

철학적으로 사실과 진실, 진리를 해석해야 한다면 아마 책 한 권으로는 모자랄 것이다. 그만큼 세 가지에 대한 사유는 난해하고 어렵다. 하지만 어떻게 보면 간단하게 정의할 수도 있다.

예를 들면 나에게 상처를 준 사람이 있다고 치자. 상대방이 상처를 주고 나는 상처를 받은 것은 명백한 사실이다. 하지만 정말 나에게 상처를 주려는 의도가 있었는지는 '사실'만으로 확신할 수는 없다.

'그 사람은 어떤 마음으로 나에게 그런 말을 한 것일까?'

'나도 그 사람처럼 남에게 상처를 준 적이 있을까?'

이런 생각을 하는 이유는 사실이 아닌 '진실'을 알기 위해서이다. 즉, 사실과 진실은 얼마든지 다를 수 있다.

그렇다면 진리란 무엇일까?

나에게 진리는 오직 예수님이다. 예수님께서 말씀하신 "내가 길이요, 진리이며 생명"이라는 성경 구절은 내 인생의 좌우명이다. 그래서 나는 '사랑'이라는 진리로 모든 관계를 풀어나가려고 한다. 결국, 모든 관계는 '사랑'에서 비롯되기 때문이다.

사실과 진실, 진리는 보편적인 개념이다. 어떤 상황에서도 사실과 진실, 진리는 존재한다. 이 세 가지를 구분하는 것이 어려울 때도 있지만, 앞에서 예로 든 것처럼 나만의 관점으로 구분하는 것도 가능하다. 그런데 나는 왜 사람과의 관계에서 이 세 가지를 보려고 한 것일까?

그것은 적어도 내가 상처만 받는 사람으로 남고 싶지 않기 때문이다. 상처받은 것 자체는 사실이지만 상대의 의도, 마음에 따라 진실은 달라질 수 있다. 또한, 내게 유일한 진리이신 예수께서는 모두를 사랑하라고 하셨다. 그렇기 때문에 상처받았다는 사실은 진실과 진리 앞에서 무색해질 수 있다.

아무리 명백한 사실이라도 이면에 숨겨진 진실 그리고 진리와 함께 생각할 때 사실이 미치는 영향은 달라질 수 있다. 겉으로 보이는 사실만 따지는 것보다 전후 사정과 상대의 본심을 함께 헤아릴 때 우리는 참된 도리, 즉 진리를 실천할 수 있을 것이다.

✿
진심은 어떻게 아는 걸까?

미국이든 한국이든 커플을 상담할 때 내담자들이 가장 많이 고민하는 문제는 '그 사람이 날 진심으로 사랑하는 것 같지 않아요.' 혹은 '그 사람의 진심이 느껴지지 않아요.'이다. 사실 상대방의 진의를 확인하는 것은 생각보다 어렵다. 말보다 행동을 통해 드러나야 하기 때문이다.

오랜 유학 생활을 하는 동안 알고 지내는 선배가 있었다. 이 선배의 고민은 만나는 남자들이 자신을 진심으로 사랑하지 않는다는 것이었다. 나도 십 년 넘게 선배의 하소연을 듣다 보니 남자친구들이 이 선배를 진심으로 사랑하질 않는다는 게 느껴질 정도이다. 그런데 한 가지 재미있는 사실이 있다. 바로 선배 자체에게서 진심이 느껴지지 않는다는 것이다. 물론 내 주관적인 느낌인 만큼 틀릴 수도 있다. 하지만 주변의 평판도 나와 크게 다르지 않다. 그 선배를 만나는 사람마다 선배에게서 계산하는 마음이 느껴져 불편하다고 말한다.

선배는 항상 자기가 필요할 때만 주변 사람들에게 연락한다. 좀 치사하게 들릴 수도 있지만, 밥 한번 제대로 사는 것을 보기 힘들다. 더 솔직히 말하면 선배는 사람을 수단으로 여긴다. 그래서 차 한 잔 같이 마실 친구도 없는 것이다.

모든 조건을 완벽하게 갖춘 사람과 결혼하는 것이 유일한 목표였던 선배는 나이를 먹고 결혼하기 어려워지자 혼자 고립되어 가는 중이다. 이 선배가 원하는 백마 탄 왕자는 언제 올지 기약이 없다. 아니, 설사 온다고 해도 선배를 선택할 것 같지는 않다. 상대를 진심으로 대하는 사람은 자신처럼 진심을 내보이는 사람을 찾지만, 솔직히 말해 선배는 그런 사람과는 거리가 멀기 때문이다.

그 선배를 예로 들긴 했지만 내가 이 글을 쓰는 이유는 다른 사람을 험담하기 위해서가 아니다. 내가 정말로 하고 싶은 말은 상대의 진심을 의심하기 전에 먼저 진심으로 대했는지 스스로에게 질문해야 한다는 말을 하고 싶은 것이다.

> "나는 진심을 가진 사람일까?"

스스로 물었을 때 만약 아니라는 답이 돌아온다면 먼저 진심으로 상대를 대해야 한다. 그런 후에야 비로소 상대의 진심을 얻을 수 있을 것이다.

진실한 사랑을 원하세요?

　누구나 진실한 사랑을 하고 싶어 한다. 좋은 사람과 인연을 맺고 싶어 하고, 상대방이 하는 말에 진심이 담겨 있으면 좋겠다고 생각한다. 하지만 그렇게 생각만 하는 것으로는 상대의 진심을 알아볼 수 없다. 진심인지 아닌지를 분별하려면 우리 스스로 진심을 가지고 있어야 한다. 그래야 상대에게 나 같은 마음이 있는지 없는지 알아볼 수 있다.

　그런데 진심이란 것은 과연 무엇일까? 그것은 상대를 대할 때 마음의 계산기부터 꺼내 들지 않는 마음을 말한다. 뺏기지 않으려고만 하고 상처 입는 것이 두려운 나머지 마음의 문을 닫아 놓기만 하는 것도 진심을 가진 것이 아니다. 당신의 마음에 불안과 두려움, 불신만 가득 차 있다면 당신은 절대 진실한 사랑을 할 수

없다.

당신이 원하는 것을 받지 못했기 때문에 상대방이 나를 진심으로 대하지 않았다고 느끼는 것은 아닌지 돌아볼 줄도 알아야 한다. 일방통행으로는 상대의 진심을 얻을 수 없다. 계산하는 마음없이 기꺼이 건네고 나눌 때 진심이 싹트는 법이다.

상대의 진심을 원한다면 먼저 내 마음을 건넬 줄 알아야 한다는 것을 기억하자. 믿음과 호의, 진정성을 가지고 타인을 대할 때 비로소 진실한 사랑이 다가올 것이다.

✿ 세상에서 제일 힘든 관계

이 세상에서 제일 힘든 관계는 무엇일까? 아마도 나 자신과의 관계일 것이다. 내가 어떤 사람인지 잘 알거나 스스로를 어떻게 이해하면 되는지 그 방법을 알고 있다면 당신은 이미 절반은 성공한 사람이다. 사람들 대부분이 스스로를 어떻게 받아들여야 할지 몰라 방황하고 있기 때문이다.

말로는 아니라고 하면서도 우리는 종종 완벽하지 못한 스스로를 탓하고 비난한다. 그래서 자신과의 관계가 가장 어려운 것이다.

우리는 부족하고 연약한 존재이기 때문에 완벽한 사람이 되는 것은 불가능하다. 사실 이것만 제대로 알아도 삶이 편안해진다. 할 수 없는 일을 하려고 기력을 소모하는 것보다는 나의 부족함을 알고 때로는 겸허한 마음으로 삶의 방향을 수정하는 것, 그것이 정

말 우리에게 필요한 자세이다.

　스스로를 건강한 마음으로 이해하고 토닥거려주고 감싸줄 수 있다면 우리는 좀 더 높은 자존감을 가질 수 있다. 건강한 자존감을 가진 사람은 자기 자신에게는 물론 타인에게도 선한 영향력을 미친다.

　단, 한 가지 조건이 있다. 어떤 상황에서도 스스로를 혹사하지 말고 아프면 아파할 시간을 줄 것. 그리고 조용히 쉴 수 있는 여유를 허락할 것. 그러다 보면 자기 자신과 좀 더 원만한 관계를 맺을 수 있고 삶의 질 또한 높아질 것이다.

✿ 사랑, 너 참 어렵다

사랑이란 무엇일까?

쉽고도 어려운 질문이다. 통속적인 것 같으면서도 한편으로는 진리에 대해 생각해야 하는 심오한 질문이 바로 이 질문이 아닐까 싶다. 개인적으로 나는 사랑은 진리라고 생각한다. 상황에 따라 변한다면 그것은 사랑이 아니고 진리 역시 어떠한 경우에도 변하지 않는다. 그래서 나는 사랑과 진리는 같다고 생각한다.

　"사랑은 오래 참고 사랑은 온유하며 시기하지 아니하며 사랑은 자랑하지 아니하며 교만하지 아니하며 무례히 행하지 아니하며 자기의 유익을 구하지 아니하며 성내지 아니하며 악한 것을 생각하지 아니하며 불의를 기뻐하지 아니하며 진리와 함께 기뻐하고 모든 것을 참으며 모든 것을 믿으며 모든 것을 바라며 모든 것을 견디느니라. 사랑은 언제까지나 떨어지지 아니하되 예언도 폐하고 방언도 그치고 지식도 폐하리라."

고린도전서 13장 말씀이다. 이 구절은 노래 가사로 쓰이기도 했다. 하나하나 읽어보면 '아, 이게 사랑이구나.' 싶지만 한편으로는 이런 사랑이 존재할 수 있을까, 하는 의문도 든다. 때로는 오직 예수님만이 할 수 있는 사랑이 아닐까 싶어 괴리감마저 든다. 사실 이 생각이 맞을 것이다. 불완전한 인간이 이런 사랑을 하는 것은 불가능하다.

내가 믿고 있는 신앙 속에서 얻은 답은 눈 내리는 추운 겨울 작은 묘목을 지켜내는 마음으로 주님을 바라보며 나아가야 한다는 것이다. 그러면 최소한 노력이란 것을 하게 된다. 나이를 먹어갈수록 이 구절들이 뼛속에 박힌다. 한 구절 한 구절이 가진 의미들이 달라지고 내가 참 이기적이었구나, 배려심이 부족했구나, 참지 못하는 성격이었구나, 온유하지 못했었구나 하는 생각들이 물밀듯이 밀려든다.

그렇게 모든 관계에 대해 다시 한 번 생각하다 보면 후회도 하고 자책도 하게 된다. 그래도 한 가지 위안이 되는 것은 있다. 사랑에 대한 진리의 지표가 나를 좀 더 나은 사람으로 만들어간다는 것이다. 아마 이 과정은 내가 평생 밟아야 할 나의 여정이 될 것이다.

만약 상대의 사랑에 대해 의심이 가고 불안해진다면 고린도 전서 13장을 읽어보길 권한다. 이 말씀을 본인에게 적용해보면 상대방과 현재 어떤 관계인지 파악하는 데 도움이 될 것이다. 이 말씀에는 시대와 인종, 종교까지 뛰어넘는 참된 사랑의 정수가 담겨 있다. 이 말씀이 이르는 대로 상대를 사랑하려는 노력만 해도 당신은 성숙한 사랑을 할 수 있을 것이다.

✿ 그 사람은 날 사랑한 걸까요?

    사랑하다 헤어지고 나면 이미 끝난 사이인 걸 아는데도 미련스럽게 꼭 묻는 말들이 있다. 미국이든, 일본이든, 영국이든, 독일이든, 연인과 헤어진 사람들은 상대가 정말 날 사랑했는지 묻곤 한다. 그때마다 느끼는 건 국적을 불문하고 사람은 다 똑같구나, 이다.

    "그걸 왜 알고 싶으세요?"

    이렇게 되물으면 내담자들은 한결같이 대답한다.

    "그 사람과 만났던 기간만큼은 나를 사랑했다고 믿고 싶은데 나만 혼자 사랑했다는 느낌이 들어서 힘들거든요."

    사실 그 질문에 대한 답은 두 사람만이 알 수 있다. 그래도 상담사에게 어떤 마음으로 그런 질문을 하는지는 잘 알고 있기 때문에 나는 이렇게 대답한다.

"시간이 더 지나고 나면 두 사람 다 알게 될 거예요.
지금 알려고 하지 마세요. 알 수도 없고요."

생각해보니 나도 한때는 그들과 같은 생각을 하면서 나 자신을 괴롭혔던 적이 있는 것 같다. 하지만, 나에 대한 성찰의 시간을 갖고 많은 오류와 착오를 겪으면서 나의 생각은 바뀌어 갔다. 지금은 상대방이 내가 사랑한 만큼 나를 사랑하지 않았다고 해도 별로 아프지 않다. 나에게 그 시간은 내가 사랑했던 마음만으로도 충분히 가치 있고 행복한 시간이었다고 생각하니까 말이다. 어차피 사람의 마음은 우리 자신조차도 모르는 부분이 많은데 굳이 상대방의 마음까지 확인할 필요가 있을까 싶기도 했다.

그리고, 지금의 나에게 그 사람은 내가 많은 것을 희생하고 줄 수도 있는 사람이란 것을 알게 해준 고마운 사람으로도 기억된다. 내가 그를 사랑했다면 그 자체로 아름다운 것이다. 누군가를 사랑한다는 것은 내 마음속에 사랑이 있다는 뜻이다. 그것은 내가 사랑받으며 인생을 살아왔다는 뜻이기도 하다. 사랑받고 자란 사람이 다른 사람을 사랑할 줄도 아는 법이다.

떠나간 사람이 나를 사랑했는지 궁금할 수는 있다. 하지만 지나치게 의미를 부여할 필요는 없다. 중요한 것은 과거가 아니라 현재이다. 누군가를 사랑했다는 것은 또 다른 사랑을 할 수 있다는 뜻이다. 인간은 태어나는 순간부터 타인의 관심과 사랑을 먹고 성장하므로 사랑 없이 인간은 존재할 수 없다. 따라서 당신을 위해 예비된 인연은 반드시 있다. 당신의 마음속에 사랑이 사라지지 않는 한 당신은 누군가를 사랑할 수 있는 행운을 누릴 수 있을 것이다.

✿
사랑받고 있다는 느낌이 들지 않아요

　미국과 한국을 막론하고 내담자들이 가장 많이 토로하는 고민 중 하나는 사랑받고 있다는 느낌이 들지 않는다는 것이었다.

　미국 펜실베이니아 주립대학교 연구팀이 온라인상에서 18~93세 사이의 성인 500명을 대상으로 설문조사를 진행했는데 총 60가지의 시나리오를 제시하고, 그중 사람들이 사랑받는다고 느끼는 상황이 언제인지 고르도록 했다.

　조사 결과, 사랑받는다고 느끼는 순간은 누군가 자신에게 '사랑해'라고 말할 때, 몸이 아파 돌봄을 받을 때, 함께 소중한 시간을 보낼 때, 상대방이 자신을 특별한 사람처럼 느끼도록 만들 때 등이 있었다. 그밖에 서로 안아줄 때, 남녀관계를 가질 때, 칭찬이나 선물을 받을 때 사랑받는다고 느낀다는 답변들이 있었다.

이 글을 읽는 독자들은 언제 사랑받는다고 느낄까? 위에서 열거한 상황 속에서 사랑받는다고 느낄 수도 있고 그밖에 다른 상황도 있을 것이다. 그런데 중요한 것은 구체적인 상황보다 서로 존중하는 마음이 바탕에 깔려있어야 한다는 것이다. 아무리 뜨거운 포옹도, 값비싼 선물도 그 안에 존중이 결여되어 있다면 무용지물이다.

모든 관계의 시작은 상대를 귀하게 여기는 마음, 즉 존중이 먼저이다. 존중을 한자로 쓰면 높을 존(尊), 귀중할 중(重) 자를 쓴다. 상대를 높여주고 귀하게 여기는 마음이 곧 존중이라는 뜻이다.

✿ 끝날 때가 더 중요한 거야

슬픈 일이지만 모든 관계가 영원히 좋을 수만은 없다. 누군가를 만나는 시기가 있고 정을 나누는 시기가 있으면 헤어져야 하는 시기도 있다.

어느 쪽의 잘못이든 우리는 상처받고, 또 상처 주기도 하면서 관계를 정리할 때가 많다. 특히, 연인 혹은 부부 사이일 때 헤어짐이 아름답기는 참 힘든 것 같다. 그런데 여기에도 아이러니한 점이 있다. 헤어지고 난 후에야 비로소 상대의 진심이 보인다는 것이다.

오랫동안 친하게 지낸 언니가 있다. 불행히도 남편이 외도를 해 이혼하고 혼자 살고 있다. 나는 이 언니가 평생 분노하며 불행하게 살 줄 알았다. 하지만 시간이 한참 흐르고 나서 언니는 나에게 이렇게 말했다.

"혜진아, ○○ 아빠 참 좋은 사람이야. 내 잘못이 더 컸던 것 같아."

전후 사정을 들어보니 언니의 전남편은 이혼 후 아이들과 언니를 더 살뜰히 챙긴다고 했다. 양육비보다 더 많은 돈을 수시로 가져다주면서 미안해한다고 했다. 그리고 이혼 절차를 밟을 때, 서로에 대한 감정이 좋지 않으면서도 자기 이익을 먼저 챙기려고 하지 않았다고 했다.

　언니는 이혼한 뒤에야 전남편이 어떤 사람인지를 알게 되었다고 말했다. 언니의 전남편은 고아로 미국에 입양된 뒤 버림받았다는 상처 때문에 도박하고 외도를 한 것이라고 했다. 그런데 자신은 결과만 보고 분노했고 그 과정에서 전남편의 상처는 보지 못했다고 했다.

　현재 두 사람은 정말 오래된 친구처럼 왕래하며 서로 배려하고 아이들 문제를 상의하고 있다고 한다. 사실 이혼했으니 끝난 것 아니냐고, 이게 왜 아름다운 거냐고 할 수도 있다.

　하지만 우리들의 삶은 겉으로 보이는 결과가 전부를 말해주지 못할 때가 많다. 무늬만 부부인 채 살아가는 사람들도 너무나 많은 세상이다. 그런 부부보다 이별 후에도 서로에 대한 깊은 신뢰와 사랑을 유지할 수 있는 관계가 더 아름다울 수 있다고 나는 생각한다.

　누구나 인생을 살아가면서 중요한 것을 놓칠 수 있다. 가슴속에

이기심과 욕심이 가득 차 있는 사람일수록 너무나 쉽게 관계를 정의하고 상대를 규정한다. 그리고 자신이 틀렸을 수도 있다는 것을 좀처럼 인정하지 않는다. 누구나 타인과 나쁜 관계를 맺을 수 있다. 하지만 그럴 때 생각해봐야 한다. 눈에 보이는 결과만 가지고 상대를 판단하고 있는 것은 아닌지….

어떤 관계든 반드시 좋게 유지해야 한다는 말이 아니다. 나쁜 관계도 얼마든지 있을 수 있다. 다만 그 관계 속에서 후회할 일은 만들지 말자는 것이다. 억지로 모든 관계를 미화할 필요는 없다. 가능한 쿨하게 생각해보자. 그 관계가 좋았다면 추억으로 남을 것이고 나빴다면 경험으로 기억하면 될 일이다. 스스로를 나쁜 관계의 피해자로 만들지 말고 시간이 흐른 후 보고 싶은 사람 혹은 추억으로 남을 수 있도록 노력하자.

모든 감정을 다 쏟아내고 헤어지는 것보다 서로에게 아쉬움을 한 움큼 들이마실 수 있는 시간을 선물로 줄 수 있다면 우리가 받은 상처를 추스르는 데 한결 도움이 될 것이다.

때로는 복잡한 현실을 내려놓고 둔해질 필요도 있다.

갑질하는 상사에게도,

날 상처 입히는 가족 그리고 친구들에게도

둔감하게 반응해보자.

그 둔감함이

우리에게 새로운 쉼터를 제공해주고

마음의 안정을 가져다줄 것이다.

III.

나부터

행복해지자

우리는 모두 억울하다

원래 세상은 불공평한 곳이다. 태어나자마자 만나는 부모, 성장 환경…. 사실 삶의 여건 중 우리가 선택할 수 있는 것들은 그리 많지 않다. 나이를 먹으면서 점점 느끼는 거지만 인생에는 내가 무언가를 선택할 수 있는 상황보다 그저 기다려야 하는 상황이 더 많다. 심지어 누군가가 나를 선택해주기를 한없이 기다려야 할 때도 있다.

어떨 때는 억울하다는 생각이 불쑥불쑥 올라와 괜히 서러워질 때도 있다. 열심히 하루하루 정직하게 살아온 것 같은데 내 삶의 열매가 생각만큼 많지 않아 자책하면서도 한편으로는 그 상황 자체가 억울해지는 것이다.

얼마 전, 잘 아는 지인한테서 새벽에 전화가 왔다. 남편과 이혼을 할까 생각 중이라고 했다. 남편은 사기꾼이고 그의 거짓말에 속아 15년이란 세월을 빼앗겼다는 것이 지인의 판단이었다.

두 사람의 관계를 잘 아는 나로서도 사정이 참 딱했다. 심성은 더없이 착한데 너무할 정도로 경제관념이 없어 사업 실패만 무려 8번을 반복하고 있는 남편은 처가와 시가의 재산을 혼자서 다 말아먹고 있다.

밖에서는 더할 나위 없이 좋은 남편이지만 지인은 빚더미를 잔뜩 지고 오늘도 힘겹게 살아가고 있다. 그 지인의 마음속에 억울함이 자리 잡은 것도 지극히 당연한 일이다. 하지만 억울하다는 생각만 해서는 어떤 문제도 해결할 수 없다. 일단은 상황을 인정하고 해결책을 찾아야 한다. 그래서 나는 지인에게 짧게 대답했다.

"언니, 원래 인생은 억울한 거야."

"하긴…."

지인은 이 말을 듣자마자 울음을 멈췄고 곧 차분해졌다.

복잡하기 그지없는 상황에 비해 답은 어이없을 정도로 간단했지만, 인생은 억울하다는 명제 자체는 대다수 사람들에게 보편적으로 받아들여진다. 아무리 번듯하게 인생을 사는 것처럼 보여도 속사정을 들어보면 억울하고 기막힌 사연들이 하나씩은 있다. 그렇다면 우리는 억울한 마음이 들 때마다 어떻게 대처해야 할까? 나는 이 물음에 대한 답을 특수교육학을 전공하면서 찾았다.

'일을 잘하는 것보다 일을 하는 과정이 더 아름다울 수 있다.'

우리가 사는 세상에는 태어나면서부터 장애를 가진 아이들이 있다. 그리고 그 아이들을 낳은 부모가 있다. 아마도 부모들의 마음속에는 '왜 내게 이런 일이 일어났을까?' 하는 억울함이 평생 가슴속에 남아 있을 것이다. 그런데 나는 그 아이들을 보면서 진짜 아름다움을 봤다. 뭐든지 느리게 배우고 터득하는, 항상 뒤처지는 것처럼 보이는 아이들이지만 하나하나 배우는 모습을 보면서 '아, 저게 진정한 아름다움이구나.'라는 생각을 하지 않을 수 없었다.

자기가 처한 환경에서 할 수 있는 일을 해나가며 하루하루 살아간다는 것 자체가 축복받고 감사해야 하는 과정이라는 것을 깨달았다. 할 수 있는 일이 산소 호흡기를 단 채 숨쉬는 게 전부라고 하더라도 그 사람은 있는 힘을 다해 하루하루 숨을 쉬며 살아내고 있는 것이다.

인생의 가치를 '성취'에만 둔다면, 우리는 감사하는 삶을 살 수 없다. 나 또한 한때는 워크홀릭에 빠져 있었다. 하지만 원인 모를 통증으로 모든 것을 내려놓아야 했고 이후 진정한 나를 볼 수 있었다. 있는 그대로의 나를 받아들이며 진통제를 먹어야만 견딜 수 있는 하루하루까지 소중하게 생각했다.

인생은 우리 손안에서 통제되는 것이 아니다. 억울하겠지만 완벽하게 대비할 수도 없다. 그래서 우리는 인생의 가치를 결과보다 과정에 두어야 한다. 그것이 가능하다면 마음속에 가득 찬 억울함을 긍휼한 마음으로 바꿀 수 있을 것이다. 그리고 그 마음은 당신에게 상황의 안정과 마음의 평안을 가져다줄 것이다.

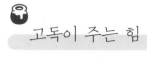

고독이 주는 힘

모든 사람이 좋은 사람과 인연을 맺고 싶어 한다. 이 글을 읽는 당신도 그런 생각을 한다면 당신에게는 한 가지 능력이 필요하다. 바로 혼자 있을 수 있는 능력이다.

1920년대 앤서니 스토가 쓴 『고독의 위로』라는 책에는 이런 구절이 있다.

"혼자 있는 능력은 귀중한 자원이다. 혼자 있을 때 사람들은 내면 가장 깊은 곳의 느낌과 접촉하고, 상실을 받아들이고, 생각을 정리하고, 태도를 바꾼다."

고독을 느낄 수 있는 내면의 힘이 없다면, 우리는 어떤 관계든 건강하게 볼 수 있는 눈을 잃어버릴 것이다. 연인관계를 들여다보면 서로 아프게 하는데도 혼자 있는 것이 두려워 그 관계를 정리하지 못하는 경우가 있다. 마음의 공허함과 외로움 그리고 낮은 자존감을 상대방의 사랑으로만 채우려는 사람들은 어떤 관계 속에서도 온전히 마음을 채울 수 없다.

뛰어난 화가였던 고야도, 천재음악가였던 베토벤도 신체의 장애 때문에 공포감과 좌절감에 휩싸여 인생을 허비할 수 있었다. 하지만 그들은 외롭고도 긴 고독을 내면의 힘으로 바꿨고 이전보다 더 뛰어난 작품들을 만들어냈다.

진정한 내면의 힘은 자신을 들여다볼 수 있는 능력에 있다. 우리는 어쩌면 평생 자신이 어떤 사람인지조차도 모른 채 상대의 문제만 바라보며 살아가고 있는지도 모른다. 하지만 중요한 것은 타인이 아닌 나 자신이다.

너무나 바쁜 현대사회에서 살고 있지만 가끔은 혼자 있는 시간을 가지며 내면을 들여다보고 자신과 대화를 하는 시간은 필요하다. 일주일에 한 시간만이라도 이런 시간을 가진다면 한 달 후, 당신의 내면은 많은 부분에서 달라져 있을 것이다. 그리고 달라진 내면은 당신에게 흔들림 없이 세상을 바라보는 혜안을 선물해줄 것이다.

많은 사람이 일상에 치여 자신이 무엇을 원하는지 그리고 무엇이 필요한지도 모른 채 살아가고 있다. 외로움과 고립감은 분명 사람의 마음을 지치게 한다. 하지만 때때로 풍경화 보듯이 내 삶을 들여다보는 시간은 필요하다. 한 발짝 떨어져 삶을 관조할 수 있다면 자신을 돌아보고 성찰하는 것도 가능하다. 그리고 우리가 이런 여유를 가질 수 있다면 우리는 주변 사람들에게 좀 더 좋은 추억을 줄 수 있는 사람이 될 것이다.

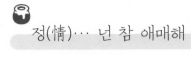

정(情)··· 넌 참 애매해

정(情)은 한국인만이 가지고 있는 국민적 정서이다. 세계 공용어인 영어로도 마땅히 번역할 단어가 없다. 한국인의 정은 사랑도 아니고 애착도 아니다. 외국인에게 정(情)이 무엇인지 설명하려면 한참 애를 먹어야 한다.

이 단어가 외국인에게 낯선 이유는 한민족만의 문화와 역사 그리고 서로를 챙기며 나누었던 정서적 유대감을 상징하는 단어이기 때문이다. 정(情)은 친밀한 사람들이 나누는 따뜻한 감정을 뜻한다고 한다. NICE나 LOVE로 설명하기엔 분명 어려운 구석이 있다.

이 작은 나라가 순위권에 드는 경제 대국이 된 것도 놀라운데 지금은 한류열풍이 불면서 전 세계인들이 한국 연예인을 향해 가슴앓이를 하고 있다. 이 저력은 도대체 어디에서 나오는 걸까?

나는

우리나라만이 가

지고 있는 끈끈한 정이 힘

의 원천이라고 생각한다. 나라 욕을

실컷 하다가도 형편이 어려워지면 온 국민이

가지고 있는 금을 내어놓고, 억울한 일을 당한 사람이

뉴스에 나오면 힘을 합쳐 기어코 법안을 만들어낸다.

이런 일이 가능한 이유는 우리 민족의 가슴속에 서로의 불행을 안타까워하고 잘못을 이해하며 흉허물을 덮어주는 정(情)이라는 정서가 있기 때문이다. 많이 알려졌듯이 미국에는 '회식 문화'가 없다. 그래서 미국인이 한국 기업에 들어가면 회식 문화 자체를 이해하지 못하고 불편해한다. 근무 시간만 채우면 되지 왜 일하는 사람과 친구가 되어야 하냐는 것이다. 그래도 꼭 회식에 가야 한다면 그 시간도 일하는 시간으로 간주해야 한다고 말한다.

지극히 개인주의적이고 일 중심적인 미국사회는 동료들 간 불화가 적은 편이다. 서로 사생활을 나누는 일 자체가 드물뿐더러 각자 맡은 일을 하고 돈을 받는다는 마인드이지 회사에 소속되어 있다거나 팀의 일원들을 챙겨줘야 한다는 마음은 별로 없다. 그러니 돌잔치니 신입 사원 환영식이니 송별회니 하는 우리 문화가 도통 이해가 가지 않는 것이다.

　　남녀 간의 사이에서도 한국에서는 그놈의 정(情) 때문에 못 헤어진다는 말을 많이 한다. 사실 이건 미련도 아니고 좋아한다는 것도 아니다. 그만큼 서로 삶을 나누었다는 이야기다. 그 시간 안에는 좋은 기억과 나쁜 기억, 그 사람의 실수, 단점, 장점이 혼재되어 있다. 그 복잡다단한 마음들이 모여 끈끈한 정(情)을 이루고 그러다 보니 감정을 털어내고 헤어지기가 쉽지 않다는 것이다.

　　나는 외국에서 오랜 세월을 보냈지만, 다행히 부모님 덕분에 한국인 특유의 정(情)이 많은 사람이다.

강의하기 전에 먹으려고 싸간 고구마도 청소하시는 아주머니가 보이면 나도 모르게 건네준다. 엄마는 실속 없는 것은 아빠를 고스란히 닮았다며 핀잔을 주시지만 정작 우리 집 계단을 닦고 있는 아주머니가 빵으로 끼니를 때우는 걸 보면 집으로 초대해 곰탕을 대접하시곤 한다.

가족들처럼 나도 정이 많아 마음이 약한 편이다. 그래서 손해도 많이 보고 내가 가진 것을 내주는 경우도 부지기수다. 하지만 내가 불행하다고 생각한 적은 한 번도 없다. 다소 손해를 봤더라도 내 마음이 전해지고 상대가 나로 인해 따뜻함을 느꼈다면 그것으로 족하다고 생각한다. 그것이 나를 행복하게 만들기 때문이다.

그런데 한편으로는 우리가 사는 세상이 점점 각박해지고 자기 이익만 추구하는 사회가 되어가고 있는 것 같아 마음이 아프다. 자살률 세계 1위인 우리나라의 현주소를 상기할 때면 사람들 마음속의 외로움과 공허함이 가슴 시리게 느껴진다. 각자가 아픈 마음을 부여잡고 서로 돌볼 겨를도 없이 하루하루를 살아내고 있다. 게다가 가진 사람들은 욕심에 눈이 멀어 더 가지려고만 한다. 이럴 때 한 사람이라도 가까운 사람을 배려하며 따뜻한 정(情)을 나누어 주었으면 좋겠다.

기다림

아마도 많은 사람이 힘들었던 시간으로 가슴 아픈 이별을 한 때를 꼽을 것이다. 나 역시 아프고 쓰린 마음을 움켜쥔 채 상담, 여행, 취미생활 등 할 수 있는 모든 일을 했고 어떻게든 아픔을 잊으려고 했다. 이 고통이 빨리 사라지길 간절히 기도하며 하루하루를 견뎌냈다.

하지만 지난 다음에 생각해보니 시간이 약이었다. 나를 억지로 일으키려는 노력도 스스로를 다그치는 조급함도 마음의 상처를 치유해주지는 못했다. 그럴수록 상처는 더 쓰렸고 무기력해질 뿐이었다.

시간이란 놈은 참 묘한 것 같다. 한참 지나고 나니 기억조차 가물가물하다. 망각은 신이 인간에게 주신 최고의 선물이라더니 과연 그 말이 맞는 것 같다. 인생을 살면서 겪는 문제 중 대다수는 기다리는 게 답인 경우가 많다. 당장 그 순간에 내가 할 수 있는 일이 많지 않다는 것이 인생 문제의 특징이다.

나뿐만 아니라 지인들을 보고 있자면, 역시 기다리는 게 답이라는 생각이 든다. 이른 나이에 결혼을 했지만 15년이 지나도록 바라는 임신이 되지 않아 아이를 기다리는 사람, 암에 걸려 몇 번의 수술을 받으며 재발하지 않기를 기원하는 사람, 이혼 과정에서 받았던 상처들이 아물기를 기다리는 사람 등등…. 오랜 기간 그 사람의 삶에 영향을 미치는 문제들은 시간이 가장 좋은 해결책이라는 것이 세상 돌아가는 이치가 아닌가 싶다.

그렇다면 우리는 어떤 마음으로 기다려야 하는 것일까? 사실 기다리는 것이라면 나만큼 일가견이 있는 사람도 드물다. 어릴 때부터 병약했던 나는 항상 남보다 뭐든지 늦었다. 병치레를 하느라 대학도 늦게 들어갔고 무엇이든 남들보다 늦게 시작해야 했다. 하지만 늦었기 때문에 많은 책을 읽으며 혼자 있는 힘을 키울 수 있었다. 무려 20년이라는 긴 유학생활을 혼자 견딜 수 있었던 것도 일찍부터 겪었던 실패의 힘 덕분이었다. 알 수 없는 통증 때문에 진통제로 하루하루를 견디는 지금도 난 기다리고 있다. 이 통증이 거짓말처럼 사라지기를….

사실 이 통증이 아니었으면 책을 집필할 수 있는 시간과 여유는 내게 없었을 것이다. 그리고 다른 사람의 입장에서 생각하고 배려하고 기도해주는 마음도 가질 수 없었을 것이다. 늘 앞만 보며 달려가던 나에게 지금의 시간은 하나님께서 주신 귀한 선물인 셈이다. 행복하다고 말할 순 없지만 불행하지도 않다. 하루하루를 버텨내며 살아갈 수 있는 힘을 주신 주님께 감사할 뿐이다.

인생의 긴 기다림 속에서 내가 붙들고 있는 말씀이 있다.

"우리가 알거니와 하나님을 사랑하는 자들에게는 모든 것을 협력하여 선을 이루느니라. (로마서 8:28)"

상황은 바뀌지 않고 도와주는 사람도 없는 인생의 광야 속에서 말씀을 붙잡고 동행하는 주님을 바라보며 나아가다 보면 내 삶을 통해 좋은 열매가 열리리라 기대한다. 인생의 문제가 해결되기를 기다리는 시간 동안 당신이라면 무엇을 바라보고 어떤 생각을 하며 기다릴 것인지 묻고 싶다. 만약 누군가를 원망하며 자책하고 있다면 당장 그 마음부터 바꿔야 한다. 그것은 당신 자신의 마음에 암덩어리를 키우고 있는 것과 같기 때문이다.

미움의 씨앗은 물을 주지 않아도 우리를 금방 삼키고 마음의 지옥으로 내몰기 마련이다. 그보다는 마음에 믿음, 소망, 사랑의 씨앗을 심고 기다림의 시간을 채워보자. 그러면 당신의 삶은 어느 순간 풍요로워질 것이다.

Give and Take

어떤 관계이든 우리는 모든 관계 속에서 나름의 계산을 한다. 내가 마음을 연 만큼 상대도 열기를 바라고, 내가 사랑하고 배려해준 만큼 상대방도 그렇게 해주기를 원한다. 물론 시작부터 꼭 받을 마음으로 준다는 것은 아니다. 하지만 나도 모르는 사이 계산을 하게 되면 어느새 서운함이 쌓이고 그러다 보면 상대와 멀어지곤 한다.

나조차도 20대 땐 그랬던 것 같다. 늘 내가 먼저 연락해야 하는 관계에서는 화를 내거나 관계를 끊었고 나만 진심으로 대하고 상대는 진심을 내보이지 않으면 금방 뾰로통해지곤 했다. 심지어 그 사람은 진실하지 않다며 매도한 적도 있었던 것 같다.

모든 면에서 미성숙했던 20대였기 때문에 지금 생각하면 웃음이 나오기도 하고 부끄럽기도 하다. 돌아보면 얼마나 무모했고 부족하고 서툴렀던지…. 다행히 지금 나는 20대 때보다는 더 괜찮은 사람이 되었다. 사실 그것은 친구들 덕분이다.

내 친구들은 나이가 나보다 훨씬 많다. 일부러 골라서 사귄 건 아닌데 또래보다 항상 고민이 많고 생각이 많은 성향 때문에 나보다 나이 많은 사람들을 더 편하게 생각한 것 같다. 그들의 연륜과 인생 경험에서 나오는 지혜는 어떤 학력도 배경도 따라올 수 없다. 그들과 이야기를 나누면서 나는 인생을 좀 더 성숙한 방향으로 이끌어 갈 수 있었다.

20대, 30대를 지나오면서 내가 깨달은 것은 주는 것만으로도 행복해지는 방법을 터득하며 나이를 먹었다는 것이다. 지금도 그 과정은 현재진행 중이다. 앞으로도 나는 그 과정에서 나를 더 괜찮은 사람으로 만들어 갈 것이다.

우리의 삶이라는 것이 받은 만큼 주어야 하는 계산에 의해서만 움직인다면 아마도 평생 싸움만 하다가 끝이 날 것이다. 그런데 마음을 줄 때도 서로의 마음이 다치지 않게 주는 것이 중요하다. 우리가 사는 세상은 다른 사람에게 베푸는 것에 관대하지 않다. 무언가 다른 계산속이 있을 거라 짐작하거나 심지어 상대를 나약하게 만들 뿐이라는 독설까지 감수해야 할 때도 있다. 하지만 나누는 것 자체에는 아무런 잘못이 없다. 그것을 받아들이는 사람의 생각, 판단이 문제인 것이다.

물론 아무리 좋은 의도라고 할지라도 결과가 부정적으로 나타나는 경우가 있다는 것은 잘 알고 있다. 그래서 나눌 때도 고민이 필요한 것이다. 이것은 내 인생에서 남은 가장 큰 숙제이기도 하다. 마음을 나누되 상대를 배려하는 방법, 이것을 알아낸다면 지금까지보다 훨씬 의미 있고 가치 있는 삶을 살 수 있을 것이다.

베푸는 사랑의 힘

나는 비교적 남의 이야기를 잘 들어주는 편이다. 그래서 많은 사람이 새벽에도 전화를 하곤 한다. 주로 다른 사람과의 관계 문제 때문에 연락하는 사람들이 많은데 한번은 친한 언니가 연인과 이별하면서 나에게 푸념 섞인 하소연을 늘어놓았다.

"내가 사귀었던 남자들은 왜 헤어질 때 사줬던 물건들을 다 달라고 할까?"

생각해보니 유독 이 언니가 만나는 남자 중에 그런 사람이 많았던 것 같다. 차근차근 연애 과정을 물어보니 언니는 남자랑 만날 때 돈을 쓴 적이 없다고 했다. 밥도 선물도 남자가 사줘야 한다는 것이다. 그제야 상대 남자들의 요구가 이해가 되었다.

결국, 자기가 헤아리는 대로 헤아림을 받는구나, 싶어 이렇게 답변해주었다.

"언니, 이제는 그렇게 살지 않았으면 좋겠어."

이렇게 직언을 한 이유는 누군가 독하게 말해주지 않으면 지독한 에고이스트로 남아 이런 관계를 지속할 것 같았기 때문이다. 사실 상대방에게 배려받지 못하고 나만 계속 쏟아부어야 한다면 지치고 화가 나는 것은 당연하다. 나는 상대방이 타인을 잘 배려하지 못하거나 심지어 무례하게 굴면 일단 '마음이 많이 아픈 사람이구나.'라고 생각하려고 노력한다. 설불리 나쁜 사람이라고 단정 지어버리면 내 마음이 더 힘들기 때문이다. 상대방이 나보다 더 마음이 아픈 사람이구나, 라고 생각을 하면 기분은 나빠도 이해는 된다.

그런데 내가 더 많이 주었던 관계라고 해도 그것이 무조건 손해인 것만은 아니다. 상대에게 베푼 만큼 그 사람의 내면에는 사랑의 빛이 스며든다. 그리고 그 빛은 삶 전체를 비춘다. 그런 삶을 살아가는 사람이 많아질수록 세상은 더 평화롭고 풍요로워진다. 그 빛은 주변의 다른 영혼들을 숨쉴 수 있게 해주기 때문이다.

그만큼 사랑을 베풀 줄 아는 사람의 힘은 강하다. 단, 세상에 그런 사람이 많아지려면 상대를 아끼고 배려하는 마음도 함께 자라야 한다. 이기적인 상대에게 한없는 사랑을 주기만 할 수 있는 사람은 세상에 없다. 상대에 대한 존중과 배려가 더해질 때 사랑은 더 커지는 법이다.

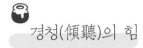

경청(傾聽)의 힘

타인의 말을 잘 들어주는 방법만 제대로 터득해도 그 사람은 다른 사람과의 관계에서 신뢰를 얻을 수 있을 것이다. 간혹 듣기만 하는 것은 '공감'이 결여된 행동이라고 생각하는 사람이 있는데 절대 그렇지 않다. 물론 침묵한 채 자리만 지켜주는 것을 말하는 것이라면 그것은 분명 경청하는 자세라고 볼 수 없다.

경청이란 상대방이 말하는 내용과 의도에 집중하며 주의 깊게 귀 기울여주는 것이다. 그리고 침묵 속에서 공감대를 형성하는 것이다. 어떻게 보면 이 기술은 굉장히 잘 훈련된 상담가가 가지고 있는 능력 중 하나이다. 말하는 사람의 상황을 충분히 이해해주고 비난하거나 비판하지 않고 문제를 해결하기 위해 동행해주는 마음, 그런 마음을 갖고 긍정적으로 공감대를 형성하며 듣다 보면 어느새 상대방은 그 사람에게 신뢰감을 가진다.

사실 우리가 듣기 훈련만 제대로 해도 인간관계와 관련된 모든 문제를 원활하게 풀 수 있다. 한 번 생각해보자. 우리에게 힘든 고난이 닥치거나 큰 사고가 났을 때 누구를 먼저 생각할까? 있는 그대로의 나를 바라봐주고 비난하지 않으며 섣불리 위로하지 않으려는 사람을 가장 먼저 떠올릴 것이다. 세심하게 공감해주고 격려해주며 옆에 있어주는 사람을 무의식적으로 찾게 되는 것이 사람의 본성이다.

힘든 일을 겪고 있을 때 생각나는 사람이 몇 명 정도 있는지 물었을 때 적어도 세 명 이상의 친구가 있다면 당신의 삶은 앞으로 더 풍요로워질 것이다. 예고 없이 새벽에 전화해도 무슨 일이 있느냐고 묻거나 금방이라도 달려와줄 수 있다면 당신은 누구보다 훌륭하게 인생을 살고 있는 것이다. 그런 친구들이 많을수록 당신은 고난과 고통을 극복하는 데 많은 도움을 얻을 수 있다. 그리고 나는 정말 감사하게도 그런 친구들이 곁에 있다. 나 또한 그런 사람이 될 수 있도록 노력하게 되는 이유이기도 하다.

카톡과 SNS로 관계를 맺고 소통을 하는 요즘 서로 마주 앉아 밥을 먹으며 이야기를 들어줄 수 있는 친구가 몇 명이나 될지 생각해보자. 모든 것이 너무 빠르게만 돌아가고 있는 21세기에서 인공지능에 뺏기지 말아야 하는 것이 있다. 바로 살아 있는 사람들이 서로의 눈을 보고 마음을 나누며 '사랑의 힘'을 키우는 일이다.

프랜시스 베이컨이 남긴 유명한 명언이 있다.

"가장 지독한 고독은 진정한 친구가 없는 것이다."

사람과 사람 사이의 인연은 우리가 인식하는 것보다 훨씬 더 많은 의미를 담고 있다. 그 인연의 가치를 키우고 발전시키는 것은 삶을 선물 받은 인간의 의무이자 권리이다. 주변 사람들이 당신의 곁에 있는 것은 단순한 우연도 아니고 당연한 것은 더더욱 아니다. 그들의 이야기를 들을 수 있는 것이 곧 축복이라는 것을 기억하자. 그들의 이야기를 경청함으로써 우리는 더욱 성숙한 인격을 가질 수 있다.

학습된 무기력

　'학습된 무기력'을 영어로 표현하면 'learned helplessness'가 된다. 이것은 마틴 셀리그먼(Martin Seligman)과 동료 연구자들이 동물을 대상으로 회피 경험을 학습시킨 후 실험 결과를 분석해 도출한 결론을 이르는 말이다. 연구 결과에 따르면 피할 수 없거나 극복할 수 없는 환경에 반복적으로 노출된 생명체는 이후 자신의 능력으로 극복할 수 있는데도 스스로 자포자기해버린다고 한다. 이것을 다른 말로 '학습된 무력감'이라고 한다.

　어떤 연구자가 빈대 한 마리를 유리 상자 안에 가두어 놓았는데 평소 1m 이상을 뛰던 벼룩이 유리 상자를 치운 후에도 상자 안에서 뛰었던 그 높이만큼밖에 뛰지 못했다고 한다. 벼룩은 며칠 사이에 노력해도 안 된다는 것을 학습해버린 것이다.

　안타깝게도 이것은 인간에게도 적용된다. 몇 번 실패를 거듭하다 보면 어느새 마음의 문을 닫아버리고 상대방을 밀어낸다. 그리고는 타인의 마음을 의심한다. 학습된 무력감 때문에 스스로 건강하지 못한 방어기제를 형성한 것이다.

　내 친구 중에 연애할 때마다 매번 끝이 좋지 않은 경험을 한 친구가 있다. 사실 이런 일은 누구에게나 일어날 수 있다. 그런데 그 친구는 몇 번 그런 경험을 했다고 해서 자신이 예쁘지도 않고 매력도 없으며 나이도 많아서 버림받았다고 생각했다. 그렇게 자기비하를 하던 친구는 어떤 남자를 만나도 그 남자가 삶의 전부인 것처럼 집착했다. 심지어 며칠을 내리 굶은 강아지가 먹이를 달라며 보채는 것처럼 자신을 사랑해달라며 애원하기도 했다. 그래서 더 안타

깝기만 하다.

그녀의 잘못된 방어기제는 화려한 외모, 좋은 배경도 상대방이 그녀를 매력적으로 느끼지 못하게 만들었다. 낮은 자존감 때문에 항상 애정을 갈구했고 그것은 그녀에게 독이 되어 돌아갔다.

사람 사이의 관계는 잘 되면 인연이고 안 되면 인연이 아닌 것뿐이다. 모든 만남과 헤어짐에 인생 전부를 걸 필요는 전혀 없다. 더욱이 누구를 만나더라도 건강한 자아를 가지고 있어야 행복한 관계로 발전할 수 있다.

이야기를 하다 보니 똑같은 실패와 이별을 경험한 후배가 한 말이 생각난다.

"같이 있는데도 혼자 있을 때보다 더 외롭게 하는 사람을 선택하고 싶지는 않아요. 정도 들었고 슬프기도 하지만 서로를 위해서 헤어지는 게 나은 것 같아요."

물론 이 후배도 슬퍼했고 힘든 시간들을 보냈다. 하지만 자신을 잃어버리진 않았다. 오히려 그 힘든 시간들을 자기계발과 운동으로 채우며 좀 더 나은 모습으로 변해 갔다. 이전 연인과의 관계에서 자신이 무엇이 부족했고 어떤 사람이 어울리는지 나름대로 고민하는 시간을 가지는 동안 그 후배는 한 단계 더 성장할 수 있었다.

스스로 행복을 지킬 줄 아는 사람이 타인과도 건강한 관계를 맺을 수 있다. 우연히 맞아 떨어진 행운 같아도 감사하며 베풀고 나눌 때 인생은 더 풍요로워진다. 또한, 이것이 스스로 행복을 지키는 방법이기도 하다.

물도 고이면 썩는 것이 자연의 이치이듯이 사람 또한 서로 나누려 하지 않고 이기적으로 살아간다면 불행한 삶을 살아야 하는 것이 하나님이 세우신 섭리이다.

모든 행복은 그 행복을 담을 수 있는 그릇을 가진 자만이 누릴 수 있다. 스스로 한계를 정해놓고 그 안에 안주하려고만 하면 사람은 저마다 개인적이고 이기적인 삶을 살 수밖에 없다. 오직 자기 자신에게만 집중하게 되기 때문이다.

우리 마음의 지경을 넓히고 보다 의미 있는 삶을 살고 싶다면 다른 사람들의 삶도 들여다볼 줄 알아야 한다. 그리고 서로 다름을 인정하며 관계를 시작해야 한다. 그러다 보면 우리가 스스로 만들어 놓은 한계점들이 사라지고 더 넓은 마음으로 인생을 살아갈 수 있을 것이다.

때로는 둔해질 필요도 있다

각박한 현대 사회를 살아가는 우리에게 스트레스를 받을 만한 요소는 사방에 널려 있다. 과도한 압박감과 긴장 때문에 잔뜩 예민해져 있을 때 세심한 배려가 힘이 되어주기도 하지만 때로는 무심한 듯한 둔감함이 뜻밖의 위로가 되기도 한다.

평소에 감정표현을 잘하지 않고 무뚝뚝한 데다 고지식하기까지 하지만 정직하게 살아가는, 내가 너무 사랑하는 선배 언니가 있다. 속내를 잘 드러내지 않아서 친해지는 데 시간이 오래 걸리긴 했지만, 항상 변함없는 소나무 같은 사람이라 힘들 때면 이 언니가 생각이 나곤 한다.

한번은 함께 밥을 먹다가 나도 모르게 힘든 이야기를 주절주절하게 되었다. 그러다 울컥 눈물이 고이며 "언니, 나 정말 죽고 싶어요."라고 어렵게 말했다. 그런데 이 언니가 고기 한 점을 입에 넣으며 이렇게 대답하는 것이었다.

"그래? 왜 죽고 싶었는데?"

너무나 행복한 표정으로 고기를 씹는 언니를 보는 순간 웃음이 나와버렸다. 그렇게 힘들어하며 꺼낸 이야기였는데도 언니는 자신만의 단순함과 유머로 답하며 이렇게 덧붙였다.

"나까지 심각해지면 너무 슬프잖아."

그 말에 다시 한 번 호탕하게 웃었던 기억이 난다.

또 한 번은 나를 감정적으로 학대하는 남자를 만나 고생하는 이야기를 하며 울었는데 언니는 특유의 무뚝뚝한 말투로 이렇게 말했다.

"에이, 그 정도는 귀여운 편이다. 내가 당한 거에 비하면 너는 아무것도 아니야."

언니의 그 말이 얼마나 위로가 되었는지 모른다. 복잡하게 미사여구를 사용하지 않아도 이 언니는 자신만의 진실함과 정직함이 묻어나는 반응으로 무심하게 나를 위로해준다. 늘 내가 이야기하는 것 이상으로 자세하게 알려고 하지 않고 꼬치꼬치 캐묻지도 않는다. 딱 얘기하는 만큼만 듣고 기다려준다. 감정적이지 않은 언니의 반응은 내가 스스로를 차분하게 들여다볼 수 있도록 거울이 되어준다.

"언니, 나한테 참 많은 것을 주어서 고마워요. 너무 큰 위로가 돼요."

어느 날 전화를 걸어서 이렇게 말했더니 언니의 대답이 걸작이었다.

"난 준 게 없는 거 같은데 받았다고 하니 미안하네."

이 말을 하면서 언니는 웃었다.

때로는 복잡한 현실을 내려놓고 둔해질 필요도 있다. 갑질하는 상사에게도, 날 상처 입히는 가족 그리고 친구들에게도 둔감하게 반응해보자. 그 둔감함이 우리에게 새로운 쉼터를 제공해주고 마음의 안정을 가져다줄 것이다.

우린 왜 외로운 걸까?

내가 한국에 온 후 느낀 것 중 하나가 한국은 무엇이든지 너무 많고 복잡하다는 것이다. 핸드폰 하나만 손에 들고 있어도 한국에서는 정말 많은 정보를 한 시간 안에 얻을 수 있다. 그리고 각종 SNS를 통해 하루에만 백 명 이상의 사람들과 소통할 수 있다.

과거에 비하면 우리는 인터넷이라는 획기적인 문명의 이기를 사용해 더 많은 지인을 만들 수 있다. 문제는 기술이 진보하는 만큼 사회 문제는 더 심각해지고 있다는 것이다. 학교 폭력 문제나 왕따, 심지어 군대에서조차도 자살 및 폭력 문제가 끊이지 않고 있다.

사회 곳곳에서 외로움과 고립감, 소외감에 신음하는 사람들이 나날이 늘고 있다. 왜 이런 일이 벌어지는 것일까? 삐삐와 전화로만 소통할 때는 사람을 직접 만나야만 오랫동안 대화할 수 있었다. 그

래서 사람들은 더 자주 만났고 그러면서 친구 관계도 형성되었다. 그 시절, 우리는 더 서로를 이해했고 공감할 수 있었던 것 같다.

사실 80~90년대만 해도 문자로 이별을 통보받는 일은 매우 드물었다. 반면에 요즘은 카톡으로 사귀기도 하고 싸우기도 하고 헤어지기도 한다. 많은 지인들 그리고 후배들이 카톡 문구를 해석해 달라는 의뢰(?)까지 하는 실정이다. 예를 들면 이런 식이다.

"언니, 남친의 사랑이 식은 것 같죠? 예전에는 세 문장 이상 보냈는데 이젠 한 문장도 되지도 않아요."

"남친이 많이 바쁜가 보지."

서운해하는 후배의 마음을 어루만져주긴 하지만 한편으로는 슬픈 생각도 든다.

사실 전화 통화나 문자를 이용한 소통은 오해할 수 있는 요소들이 많다. 문자 메시지로 그 사람의 내면이나 감정을 세세하게 알기는 어렵기 때문이다. 하지만 젊은 세대들은 만나서 이야기하는 것보다 카톡으로 편하게 소통할 수 있는 문화에 이미 익숙해져 있다.

대학교에서 강의를 하면 나는 일부러 그룹 프로젝트를 과제로 낸다. 서로 친해지기를 바라는 마음도 있고 협력하는 과정을 통해 더 많은 것을 배울 수 있기 때문이다. 함께 차도 마시고 음식도 먹으며 일하다 보면 친밀감이 생기기 마련이다. 그런데 내 기대와 예상은 보기 좋게(?) 빗나갔다. 단체 카톡방을 만들더니 한 번도 다 같이 만나지 않고도 그룹 프로젝트를 수행해 발표를 했다. 그 모습을 보고 있는데 어찌나 혼란스럽던지…. 심지어 프로젝트에 아예

참여하지 않았는데도 같은 팀원들조차 모르는 일이 허다했다. 그만큼 서로에 대한 관심은 없어지고 특별한 목적 혹은 자기 이익과 직결되는 문제가 아니면 굳이 관심을 가질 필요가 없다는 것이 요즘의 세태이다.

그런데 작년 가을쯤, 나이 어린 20대 친구가 찾아와 뜬금없이 같이 밥을 먹자고 했다. 이유도 묻지 않고 함께 냉면집에 가서 식사를 했는데 이 친구가 말없이 다 먹고 나서는 갑자기 눈물을 글썽이는 것이었다.

곧바로 분위기 좋은 찻집으로 옮긴 후 무슨 일이 있느냐고 묻자, 이제는 행복한 척하면서 사는 게 지친다며 울먹였다. 왜 행복한 척하며 살아야 하느냐고 물으니 슬프게 보이거나 우울해 보이면 아무도 자기를 좋아할 것 같지 않다는 것이었다. 그 아이는 자신감

넘쳐 보이고 밝고 인기 있는 그런 사람이 되고 싶다고 했다. 페이스북, 카카오 스토리, 인스타그램까지 자기 주변 사람들은 다 행복해 보이고 모든 것을 가진 것처럼 보인다고 했다. 그런데 자기만 초라하고 슬프게 사는 것 같다는 것이다.

그 친구의 말을 듣고 있자니 나도 SNS를 보면서 그런 느낌을 받았던 것 같다. 나는 조용히 그 친구에게 물었다. 왜 나를 찾아왔느냐고. 그때 그 친구가 한 대답이 재미있었다.

"항상 솔직하게 감정을 얘기하고 행복한 척도 안 하고 슬프면 슬프다고 얘기하셔서요."

생각해보니 이 친구한테 그런 말을 한 적이 있었다. 내가 참 찌질한 거 같다고. 헤어진 남자친구의 연락을 바보같이 기다리고 있

다고. 그렇게 당하고도 정신을 못 차린 것 같다고 크게 웃으면서 얘기한 적이 있었다. 그 친구는 내 모습을 보고 자기가 쓰고 있는 가면을 벗고 싶은 충동을 느꼈다고 했다. 그래서 나는 물었다. 무엇이 두려우냐고, 무서우면 무섭다고 외로우면 외롭다고 말하는 게 왜 창피한 거냐고. 그러면서 나는 아직도 무서운 게 많고 실수도 잦아 스스로 바보 같다고 생각할 때가 많다고 했다.

그날 이 친구는 엄마의 우울증도 두렵고 남자친구와 헤어지고 직업도 없어서 죽을 것 같이 슬프고 힘들다고 했다. 그리고 나서는 '아, 살 것 같다.' 하면서 하하하, 웃는 것이었다.

나이 어린 그 친구를 보면서 나는 생각보다 훨씬 많은 사람이 정말 힘든 일이 있을 때 고민을 털어놓을 사람이 별로 없을 거라는 생각을 했다. 그래서 일 년에 한 번도 만나지 않는, 카톡에 등록된 친구들보다 적어도 한 달에 몇 번은 밥도 먹고 커피도 마실 수 있는 친구와의 관계에 집중하는 것이 필요하다고 생각했다.

그 친구의 말처럼 SNS에 올라오는 일상들은 한결같이 여유 있고 편안하며 즐겁다. 하지만 삶의 매 순간이 늘 행복하지만은 않다는 것을 우리 모두가 잘 알고 있다.

남에게 비춰 보이는 모습이 중요하다고 생각할 수 있다. 실제로 겉으로 보이는 모습도 어느 정도는 중요하다. 하지만 그만큼 내적인 만족감을 채우는 일 역시 중요하다는 것을 알아야 한다. 우리는 쇼윈도에 진열된 물건이 아니다. 겉모습에만 치중하다 보면 진정한 만족감을 느끼기 어렵다. 그보다는 내적 가치를 추구하는 삶을 살 때 외로움과 고독감에서 벗어날 수 있을 것이다.

약속은 꼭 지켜야만 할까?

약속(約束)

1. 미리 정하여 두는 것. 또는, 그 내용. 권약.

2. 이루어질 일을 미리 담보하는 마음의 다짐.

약속의 정확한 사전적 의미이다. 누군가와 약속을 한다는 것은 내 시간을 다른 사람에게 내어준다는 뜻이다. 비즈니스든 개인적인 약속이든 약속이란 내 마음과 시간을 내어주는 것이라고 이해하면 된다.

약속과 관련해서 나는 몇 가지 기준을 세워놓고 있다. 합당한 이유 없이 세 번 이상 약속 시각에 늦거나 너무 쉽게 약속을 취소하는 사람들과는 일단 거리를 둔다. 그리고 정도가 지나치게 과하다 싶으면 친구 리스트에서 빼버린다.

　다른 사람들과의 약속을 소중하게 생각하지 않거나 약속을 잘 지키지 않는 사람들의 특징은 신의를 저버리는 일을 대수롭지 않게 생각한다는 것이다. 특히, 내가 제일 싫어하는 유형은 일주일 전, 본인의 요청으로 약속을 정해놓고는 약속 당일 한두 시간 전에 취소를 하는 경우이다.

　한 번은 어떤 사람과 열 번 약속을 잡았는데 무려 여섯 번이나 이런 식으로 약속을 취소하는 걸 보고 그 사람과의 관계를 과감히 정리한 적이 있다. 살다 보면 약속을 지키지 못할 때도 있고 약속 시각에 늦을 수도 있다. 하지만 적어도 서너 번 이상 모든 사람과의 약속 시각에 늦거나 취소를 반복하는 사람이라면 진지하게 생각해보길 바란다.

　물론 무조건 인연을 끊으라는 소리는 아니다. 하지만 적어도 당신이 중요하게 생각하는 일은 같이하지 않는 것이 좋다. 그러고 보면 신기한(?) 것이 10~20대 시절 약속을 지키지 않는 것이 습관이 된 사람은 그 패턴이 평생 이어진다는 것이다. 내 친구들이나 주변 사람들을 봐도 중학교 때부터 약속에 늦거나 지키지 않았던 사람들은 지금까지도 약속을 지키는 일에 소홀하다. 참 무서운 일이다.

그러니 당신의 습관도 돌아보길 바란다. 사소한 실수라고 생각할 수 있지만 그 실수가 습관이 되면 당신의 인격과 인품이 오해를 받을 수 있다. 그리고 누군가와 약속을 잡을 때 당신이 내어 주는 시간과 마음을 소중하게 지키는 사람들과 나누자. 약속을 귀하게 여길 줄 아는 사람과 함께할 때 당신은 좀 더 의미 있고 가치 있는 삶을 살 수 있을 것이다.

"오늘 하루만 버티면 돼.

내일 일은 내일 생각해도 늦지 않아."

"너 오늘 정말 최고야.

너는 뭐든지 열심히 하는 사람이야."

IV.

오늘
하루면
충분해

고민 고민하지 마

우리가 걱정하고 염려하는 시간은 대부분 과거와 미래에 한정되어 있다. 떨쳐버리지 못한 과거가 발목을 붙잡고 있거나 알 수 없는 미래에 대한 걱정을 끊임없이 하고 있다면 그 사람은 인생을 허비하고 있을 가능성이 높다.

그런 사람들에게 묻고 싶다. '지금 가장 중요한 현재의 삶을 놓치고 있지는 않은가?'

과거는 바꿀 수 없고 미래는 알 수 없다. 그러니 당장 다가오는 오늘 하루만 생각해보자. 오늘 하루를 놓치지 말고 최선을 다해 잘 살아보자. 너무 고통스러우면 우리 스스로에게 이렇게 말해보자.

"오늘 하루만 버티면 돼. 내일 일은 내일 생각해도 늦지 않아."

지금 바로 이 순간이 우리가 가장 행복해야 할 시간이다. 바꿀 수 없는 과거나 알 수 없는 미래 때문에 현재를 허비하기엔 지금 우리에게 주어진 시간은 너무나 소중하다는 것을 기억하자.

너무 잘하려고 하지 말자

때로는 너무 잘해내고 싶은 마음에 초심을 잃어버리는 때가 있다. 안타깝게도 그것은 일을 망치는 가장 빠른 지름길이다. 지금까지 살아온 과정을 돌이켜보면 내가 지금 하고 있는 일을 즐기고 좋아하면서 할 때 더 좋은 성과를 냈다.

사실 잘하고 싶은 마음 자체를 나쁘게 볼 수는 없다. 하지만 그것이 지나쳐 집착이 되면 그 마음 때문에 정작 중요한 것을 놓치게 된다. 정말로 중요한 것은 내가 그 일을 최선을 다해 하고 있느냐이다. 결과가 어떻게 나오든 최선을 다했다면 그 자체에 의미를 부여하고 스스로에게 상을 줘도 된다.

최선의 노력을 다했다면 거울을 보고 스스로 칭찬해주자. 남이 해주는 인정만이 전부가 아니다. 내가 나를 인정할 때 나는 더 발전할 수 있다.

"너 오늘 정말 최고야. 너는 뭐든지 열심히 하는 사람이야."

스스로에게 최선을 다할 수 있는 사람은 이 세상에 나밖에 없다. 나를 인정하고 격려해주고 독려하자. 그것이 나에게 줄 수 있는 가장 큰 선물이다.

누구나 단 한 번뿐인 인생을 산다. 누구도 우리의 인생을 대신 살아줄 수는 없다. 그래서 한 번 사는 인생인 만큼 후회 없는 삶을 살아야 하는 것이다. 그것이 삶에 대한 예의이자 의무이다.

후회 없이 살기 위해 우리에게 필요한 것은 무엇일까? 그것은 마음의 신호를 읽는 능력이다. 우리 스스로 자신의 마음 상태를 알 수 없다면 타인과 행복한 관계를 맺을 가능성은 줄어든다. 그리고 결국엔 자신을 혹사하게 된다.

하루에 30분 만이라도 마음의 신호를 들어보자. 누군가는 그것이 의미 없는 시간 낭비일 뿐이라고 할 수 있다. 하지만 마음의 신호를 들어준 사람과 들어주지 않는 사람의 삶은 엄청난 차이가 있다. 마음이 하는 말을 들어주지 않고 후회 없는 삶을 살 수 있다고 생각한다면 그것은 착각이다.

아프면 마음이 하는 말을 들어주고 힘들면 쉬게 해주자. 다쳤으면 호, 하고 불어주고 지쳤으면 눕게 해주자. 인간의 체력에 한계가 있는 것처럼 마음 또한 마찬가지이다. 지치고 힘들 때 휴식과 충전의 시간은 꼭 필요하다. 마음의 피로를 방치하면 우리는 오랫동안 후유증에 시달려야 한다. 결국, 최대 피해자는 바로 나 자신이다.

마음의 신호에 귀 기울이고 원하는 것을 들어주자. 최소한 마음이 우리에게 아프다고 말할 수 있는 시간을 갖게 해주자. 마음이 우리에게 바라는 것은 거창한 것이 아니다. 자기의 목소리를 들어주는 것, 그것만 해줘도 마음은 우리에게 행복으로 향하는 길을 알려줄 것이다.

마음마저 성형하지는 말자

성형미인 또는 강남미인이란 말이 있다. 모두 비슷하게 성형한 얼굴을 말한다.

그들의 얼굴은 예쁘긴 하지만 공장에서 찍어낸 듯한 느낌이 든다. 어떤 나라를 가도 우리나라처럼 성형외과가 많은 나라는 드물 것이다. 그리고 보니 우리는 마음조차 성형하고 있는 것은 아닌가, 하는 생각이 든다.

괜찮은 척

멋있는 척

쿨한 척

상처받지 않은 척

행복한 척

모든 일에 초연한 척

좋아하는 척

어쩌면 우리는 마음을 숨기는 일에만 급급한 채 껍데기뿐인 삶을 사는 건지도 모르겠다. 수면 위로 보이는 백조의 모습은 그지없이 우아하지만 물속의 발은 쉴 새 없이 움직인다. 우리 역시 겉으로는 평온한 척해도 마음속은 엉망진창일 수 있다. 아주 심한 경우, 마음을 숨기는 것도 모자라 자기 마음에 성형을 해대며 '행복한 척해! 쿨한 척해!' 하며 자신을 다그치고 있는지도 모른다.

분명한 건 언제까지 마음을 속일 수는 없다는 것이다. 적어도 스스로에게는 있는 그대로 마음을 열어놓고 보여주자. 지나치게 성형 수술을 많이 하면 반드시 탈이 난다. 마음도 마찬가지다. 스스로를 속이고 기만하다 보면 반드시 부작용이 발생한다는 것을 기억하자.

언제까지 버틸 수 있을까?

사막을 걸어본 적이 있다. 정말 끝도 없이 넓은 사막이었다. 사막의 기온은 극단적이었다. 낮에는 뜨겁고 밤에는 추웠다. 무엇보다 끝이 안 보이니 막막한 기분이 들었다.

칠흑 같은 어둠 속에서 날을 지새우니 여기에 평생 갇히는 것은 아닌가, 두려움까지 밀려왔다. 다행히 인도하는 분이 계셔서 빠져나왔지만 그때의 막막함과 공포는 아직도 생생히 기억난다.

영혼 또한 칠흑 같은 밤을 지날 때가 있다. 그럴 때면 이런 생각을 한다.

'나는 언제까지 버틸 수 있을까? 언제야 이 밤이 끝날까?'

인생을 살면서 영혼의 밤을 지나보지 않은 사람은 없다.

그럴 때는 무조건 딱 하루만 생각해야 한다.

오늘 하루 숨을 쉬었다.

동료들과 밥도 먹었다.

전철에 사람이 많았다.

마트에 갔는데 내가 사려고 하는 두부가 없었다.

지극히 사소한 일이지만 숨을 쉴 수 없다면 할 수 없는 일이다. 영혼의 밤을 지날 때는 심장이 뛰고 있다는 거에 집중해야 한다. 그래야 숨을 쉬며 버틸 수 있다.

스스로 호흡조차 하기 힘든 사람들도 많다. 그 하루를 살아내지 못하고 세상을 등지는 사람들도 많다. 죽을 만큼 고통스럽다면 딱 하루만 생각하자. 하루살이처럼 하루만 살아내보자. 그 하루하루가 모이다 보면 당신은 괜찮아질 것이다. 누구나 그렇게 영혼의 밤을 견뎌낸다.

갈증: 목이 마르다

우리의 마음은 항상 목마르다. 목마름의 사전적 의미를 찾아보면 물 따위를 몹시 먹고 싶어 하는 상태 혹은 어떠한 것을 간절히 원하는 마음으로 정의되어 있다. 마음이 목마르다는 것은 무언가를 원하지만 바라는 것이 충족되지 않고 있다는 것을 뜻한다.

목이 몹시 마른 사람은 수분을 보충할 수 있는 것이라면 무엇이든 마시려고 하지만 아무거나 마셔대면 갈증만 더 심해질 수 있다.

주변에서는 홍수가 나서 난리인데 정작 마실 물은 없다면 어떤 기분일까?

여기저기 애원하며 물을 얻어 마셔보지만 마실수록 목이 더 타들어갈 뿐이라면?

그때 우리에게 필요한 것은 아무것도 첨가하지 않은 자연 상태

의 깨끗한 물, 바로 순수함이다. 설탕이 많이 들어간 물은 처음에는 달콤해도 먹을수록 갈증은 더 심해지고 마음 역시 허해진다.

누군가 나에게 우물물 같은 맑은 물 한 잔 떠다 주었으면 좋겠다. 그러면 내 안의 불길도 사그라들 것 같다. 오염되지 않은 순수한 물, 그리고 잠시 쉬어갈 수 있는 여유가 간절히 필요한 요즘이다.

말 한마디면 충분하다

세상에는 우리를 위로해주는 많은 것들이 있다. 그중에서 우리는 무엇으로 가장 많은 위로를 받을까? 사실 그것은 상황마다 다를 것이다. 무심코 건넨 직장 동료의 말 한마디가 큰 위로가 될 수도 있고 말없이 타다 주는 커피 한 잔이 과도한 관심보다 나을 수 있다. 건강 챙기라는 말 한마디가 무척 고마울 때도 있다.

많은 시간을 내주지 않아도 많은 말을 하지 않아도 상대를 위로하고 감동시키는 방법은 얼마든지 있다.

"오늘은 너 먹고 싶은 거 먹자."

별거 아닌 말 같지만, 식탐이 유독 많은 친구가 엄청난(?) 양보를 하며 해준 말이다.

그 친구의 말 한마디가 얼어붙은 내 마음을 따뜻하게 덥혀주고 웃게 해주었다. 온갖 미사여구를 동원하지 않아도 말 한마디…. 그거면 충분할 때가 있다.

쫄지 마, 넌 최고야!

쫄지 말라는 말은 분명 비속어이다. 하지만 짧고도 강렬한 이 말에는 흐트러지는 우리를 일으켜 세워주는 힘이 담겨 있다.

성인이 되어 사회로 나가면 주눅들 일이 참 많다.

금수저, 은수저, 학벌, 재력… 숨이 턱턱 막힐 지경이다.

조금만 눈을 돌려도 어찌나 잘나고 화려한 분들이 많으신지 이런 곳에 과연 내가 끼어들 자리가 있을까, 하는 자격지심마저 들 지경이다.

정말 친한 친구와 함께 준비한 학회 발표를 목전에 두고 있을 때였다. 우리는 앞 순서에 배정된, 후덜덜한 스펙의 발표자들에게 기가 죽어 있었다. 차례가 다가올수록 나는 단두대에 목을 바치는 기분으로 떨고 있었다.

'여기서 개망신을 당하는구나.'

아찔한 마음에 눈을 질끈 감았다. 그때 진동이 울리며 문자 메시지가 왔다. 같이 발표를 준비한 친구였다.

'쫄지 마, 우리가 최고야.'

그 순간 웃기기도 하고 뭔가 긴장이 풀어지는 듯한 느낌이 들어 뭔지 모를 힘이 솟아났다. 그리고 아주 성공적으로 발표를 마쳤다. 마치 내 안의 회복 탄력성(resilience)이 살아나는 듯했다. 사실 그 친구는 항상 소심하고 완벽주의적 성향이 있는 나를 단순하고 명쾌한 말로 웃게 하는 친구이다.

무엇을 하든 어디에 있든 쫄지 말자. 당신은 그 자체로 최고인 사람이다. 다른 사람이 어떻게 보든 적어도 우리 자신에게 이렇게 최면을 걸어보자.

'쫄지 마. 인생 별거 아니야.'

찢어진 마음의 조각들

1945년 8월 15일, 일본 히로시마와 나가사키에 떨어진 두 개의 핵폭탄은 일본 열도를 공포의 도가니로 밀어넣었다. 그리고 2차 세계대전의 전범 국가인 일본은 무조건 항복을 선언했다. 그로부터 70년 가까운 세월이 지난 지금, 21세기의 대한민국에서 살고 있는 나의 일상에도 핵폭탄급 위력의 사건, 사고들이 일어나는 중이다.

아무리 그래도 일본에 떨어진 원자폭탄과 비교할 정도는 아니지 않느냐고 할 수도 있겠지만 친한 친구의 갑작스러운 부고는 내게 핵폭탄과 맞먹는 충격을 주었다.

엊그제까지 내 곁에 있었던 친구가 사고를 당해 세상을 떠났다는 소식을 들었을 때 나는 아무것도 느낄 수 없었고 무엇을 해야 하는지도 알지 못했다. 그렇게 몇 년간 여기저기 흩뿌려진 것 같은 상태로 세월을 보냈고 닥치는 대로 일을 하며 미친 사람처럼 바쁘게 살았다. 나 자신이 느껴지지 않아 지나가다 나무도 만져보고 친하지 않은 친구들을 만나 헛헛한 수다도 떨어보고 그렇게 하루하루를 살아냈다.

지금은 다행히도 친구의 부재를 인정할 수 있다. 그 친구를 추억할 수 있을 정도로 마음의 상처도 많이 치유되었다. 그러기까지 내가 특별히 한 것은 없었다. 그저 하루하루 내가 할 수 있는 것을 했을 뿐이었다.

그 하루하루가 모이다 보니 저절로 견뎌졌다. 그만큼 하루를 살아내는 힘은 대단하다. 그래서 오늘도 그 하루를 살아내고 있다. 나에게 허락된 마지막 하루라는 마음으로….

만남, 그 신비한 인생의 여정

우리는 살아가면서 많은 사람을 만난다. 그렇게 만난 사람 중에는 그저 스쳐지나가는 사람도 있고 특별한 인연으로 발전하는 경우도 있다. 아니면 악연으로 엮이는 경우도 있다. 그런데 나이를 먹다 보니 만남 자체는 좋지도 나쁘지도 않은 것 같다. 인연이 될지 악연이 될지는 각자가 하기 나름인 것 같기도 하다. 일방적으로 한쪽이 매우 나쁜 케이스는 사실 매우 드물지 않을까 생각이 든다.

나는 누구나 영혼의 빛을 가지고 있다고 생각한다. 누군가를 만날 때 내가 그 영혼의 빛을 받을 때도 있고 내 영혼의 빛을 상대에게 전달할 때도 있다고 믿는다. 영혼의 빛이 약한 사람을 만나면 내 빛을 나누어 주고 내게 없는 것을 상대가 가지고 있다면 그 사람과 시간을 보내며 그의 빛을 흠뻑 받곤 한다.

내가 만남을 피하는 사람은 내 영혼의 빛이 전달되지 않고 상대의 빛 또한 내게 전달되지 않을 때이다. 한 시간을 만나도 오래전부터 알아온 친구 같은 사람이 있고 알게 된 지 10년이 넘어도 데면데면한 만남이 있다. 그래서 '만남'에는 오묘한 매력이 있고 우리가 알 수 없는 강력한 힘들이 내재하여 있다. 단 한 번 만났을 뿐인데 그 만남 덕분에 인생이 환한 빛으로 변하기도 하고 만나지 말았으면 좋았을 사람을 만나 불행한 일을 겪기도 한다. 그래서 '만남'에는 삶의 의미가 담겨 있다. 사람과 사람의 만남이 신비스러운 이유도 이 때문이다.

세상에 태어나고 세상과 이별할 때까지 우리는 나 자신과의 만남을 시작으로 너무나 많은 사람을 만난다. 그 만남이 모여 인생의 여정이 되고 그 길을 걷는 동안 우리는 서로를 비추는 빛이 된다.

나는 사람과 사람의 만남은 내면의 빛을 나누는 거라고 생각한다. 상대의 빛이 어두우면 내 빛으로 환하게 비춰주고 상대가 나보다 밝으면 그 빛에 내가 밝아지기도 한다. 서로의 빛을 나눌 수 있는 관계가 많아질수록 다른 사람과의 관계 속에서 맺는 열매는 더욱 풍성하게 열릴 것이다.

인간의 삶에서 가장 오묘하고 신기한 경험은 바로 사람과 사람의 만남이다. 그와 내가 만나기까지 얼마나 많은 사람의 수고와 사랑이 있었는지를 생각하면 더욱 그렇다.

나 떨고 있니?

어른이 된다는 것은 무서워도 무섭다고 말할 데가 없다는 것을 뜻하는 것 같다. 생각해보니 나는 어릴 때 무서워했던 그네를 지금도 타지 못한다. 고소공포증이 심해서 놀이기구 자체를 타지 못한다. 그래서 어린아이들과 놀 때면 꼭 이런 질문을 받는다.

"어른인데도 그네 못 타요?"

나도 어렸을 때는 어른이 되면 할 수 있는 것이 많아지고 무서운 것이 없어질 거라고 착각했다. 하지만 우리 안에 남아 있는 그 어린아이는 아직도 무섭다고 말하고 있다. 단지 무섭지 않은 척하고 있을 뿐이다.

어른이 되면 어릴 때처럼 편들어주는 사람이 없어서 힘들다고 엉엉 울 수가 없다. 그래도 오늘만큼은 속 시원히 말해보자. 누군가에게 나 사실 겁나게 무섭다고… 안 무서운 척 연기하고 있을 뿐이라고….

행복해지는 방법

사람들은 행복해지는 것이 무척 어려운 일이라고 생각한다. 하지만 행복해지는 방법은 정말 간단하다. 아침에 일어나 오늘 하루가 마지막이라고 생각하고 살아보자. 그러면 걱정도 염려도 사라질 것이다.

바보같이 들리겠지만, 이 단순함 속에 행복의 씨앗이 숨겨져 있다. 어떤 불행도 고난도 이 하루가 마지막이라고 생각하면 홀가분하게 놓을 수 있다. 그렇게 하루하루를 살다 보면 어느새 마음 근육들이 생겨난다.

뭐든지 하루아침에 되는 것은 없다. 그래서 시작이 중요한 것이다. 하루의 시작을 어떤 마음으로 맞이하느냐에 따라 우리의 인생은 너무나 달라진다. 경주마처럼 목표만을 향해 달려가지 말자. 이제 우리는 목표에 도달하는 것만이 행복을 보장하는 것은 아니라

는 것을 알아야 한다. 물론 그렇다고 목표를 갖지 말라는 것이 아니다. 그 목표를 인생의 전부라고 착각하지 말자는 뜻이다. 목표는 어디까지나 우리 인생의 일부일 뿐이다. 스스로를 잃지 말고 내 인생의 주인공은 나로 만들며 살아가자.

내가 정말 가고 싶은 곳은 어디일까?
내가 정말 원하는 것은 무엇일까?
내가 행복을 느끼는 것은 무엇일까?

차근차근 진지하게 생각해보자. 적어도 인생이란 영화에서는 당신이 주연이다. 제대로 주인공답게 당당하게 살아보자.

V.

나를

보는 힘

♪ 나는 어떤 사람일까요?

내가 이해하는 사람의 내면은 크게 네 부분으로 나누어져 있다.

1. 나도 알고 남도 아는 나

2. 나도 모르고 남도 모르는 나

3. 나는 알고 남은 모르는 나

4. 나는 모르고 남은 아는 나

이 네 가지 측면이 있다는 것을 인식만 하고 있어도 그는 자기 자신을 잘 알고 있는 사람이다. 사람은 누구나 좋은 사람을 만나고 싶어 하고 좋은 관계를 맺고 싶어 한다. 다만 좋은 사람과 인연을 맺으려면 스스로를 들여다볼 줄 알아야 한다.

아무리 학식이 높은 사람이라도 자기 자신을 완벽하게 속속들이 알고 있는 사람은 없다. 내가 말하고자 하는 것은 최소한 나의 마음 상태는 알고 있어야 한다는 것이다.

몸이 아플 때는 정확히 어디가 아픈지를 알아야 치료할 수 있다. 그래서 정기적으로 건강검진을 받으면 좋은 것이다. 마음도 마찬가지다. 마음을 들여다볼 줄 알아야 무엇 때문에 힘들고 아픈지 알 수 있다.

자기 마음을 들여다볼 줄 모르는 사람은 타인의 마음도 헤아리기 어렵다. 상대의 마음을 들여다볼 마음의 공간이 좁기 때문이다. 좋은 사람을 만나고 그와 좋은 관계를 유지하고 싶다면 자신을 들여다볼 줄 아는 능력을 키워야 한다.

내가 의식하지 못하는 내 모습이 타인의 눈에는 보인다는 것도 알아야 한다. 그 모습이 긍정적이든 부정적이든 타인의 눈에 비친 내 모습을 수긍하고 받아들여보자. 그것은 우리의 무의식에 잠들어 있는 내면의 모습일 수 있다.

나의 무의식을 의식적으로 인식하는 일은 어렵다. 하지만 타인의 눈에는 무척 선명하게 보일 수 있다. 그것은 타인과의 관계에 지대한 영향을 미친다. 무의식의 영향력은 의식보다 강력하기 때문이다.

내 마음을 본다는 것은 의식뿐만 아니라 무의식까지 함께 들여다본다는 뜻이다. 때때로 타인은 나의 무의식을 비춰준다. 그것이 타인의 입을 통해 전달될 때 우리는 자신에 대해 좀 더 잘 아는 기회를 얻을 수 있다.

조용히 스스로를 들여다볼 수 있는 힘을 키워보자. 그 힘이 쌓이다 보면 타인과의 관계뿐만 아니라 자기 자신과의 관계도 원만하게 풀어갈 수 있다. 세상은 그런 사람을 현명한 사람이라고 말한다. 세상의 모든 지혜는 자기 자신을 아는 것, 거기서부터 시작하기 때문이다.

♪ 아프면 병원 가야지

위가 쓰리다.

열이 난다.

몸살이 심하다.

이런 증상이 나타나면 병원에 가야 한다는 것을 우리 모두는 알고 있다.

마음이 아프다?

그럼 심리치료를 받아보자.

나는 오랫동안 분석심리치료를 받아오고 있다. 상담자로 일하고 있었지만 나 역시 내담자이기도 하다. 상담사는 마음이 아픈 사람들을 상대하는 직업이다. 그렇기 때문에 더더욱 자기 마음의 건강을 지켜야 한다. 그래야 타인을 치유해줄 수 있기 때문이다. 이것은 더 건강한 내가 되어야 하는 이유이기도 하다.

사실 심리치료 비용은 만만치 않다. 하지만 나는 미래의 나를 더 괜찮은 사람으로 만들기 위해 꼭 필요한 투자라고 생각한다. 분석심리치료를 오랫동안 받은 경험자로서 나는 이 투자가 얼마나 내 인생을 바꾸어 놓았는지 아주 잘 알고 있다. 그것은 의심할 여지가 없는 사실이다. 물론 좋은 방향으로 말이다.

현대사회를 살아가는 사람들 대다수가 마음이 건강하게 작동하지 못하고 있다. 물질적으로는 풍요로워졌지만 가혹한 경쟁에 몰리다 보니 마음 건강을 챙길 겨를이 없는 것이다. 그러다 보니 암은 무서워하면서도 마음 건강에 대해서도 무감각해져버렸다.

마음은 보이거나 만져지지 않는다. 그래서 세심하게 다가가고 부드럽게 열어야 한다.

조그만 상처라도 치료하지 않으면 큰 상처가 될 수 있듯이 마음도 미리 예방하고 더 많이 다치기 전에 만져주어야 한다. 방치하면 마음은 한없이 나락으로 떨어져 꼭꼭 숨어버리기 때문이다.

심리치료를 받을 때는 나와 잘 맞고 약물치료에 편견이 없는 실력 있는 상담자를 찾는 것이 중요하다. 나와 잘 맞는 상담자를 찾는 일 또한 나를 찾는 과정에서 매우 중요한 부분이다. 아무리 실력 있는 상담자라도 나와 맞지 않으면 효과는 반감된다.

요즘 말로 상담자와 가장 최상의 케미를 이루려면 나의 무의식을 들여다보고 내가 모르는 나를 알아봐줄 수 있어야 한다. 그런 상담자를 만난다면 당신은 스스로에 대해 많은 것을 알 수 있을 것이다.

열이 나면 아스피린을 복용하듯이 마음이 아프다고 신호를 보내면 망설이지 말고 상담을 받길 바란다. 내 권유를 실천하면 당신의 미래는 바뀔 것이다.

비교하지 말자!

이 세상에서 자기 자신에 대해 만족하며 사는 사람은 몇 명이나 될까? 그 답은 지금 당장 서점에만 가도 알 수 있다. 건강한 자존감을 갖게 해준다는 심리학 서적들이 최소한 몇 권은 베스트셀러 목록에 올라와 있을 것이다. 이것은 많은 사람이 스스로에 대해 만족하지 못한 채 살아가고 있다는 것을 뜻한다.

한국에 온 뒤 놀란 점 중 하나가 자신의 가치를 남과 비교해서 결정하는 사람들이 심각할 정도로 많다는 것이다. 솔직히 말하면 작지 않은 충격을 받았다. 당연한 말이지만 우리 자신과 똑같은 사람은 세상에 존재하지 않는다. 그런데 어떻게 남들과 비교해서 나 자신을 평가할 수 있는 것일까?

한국 학생들을 가르치다 보면 유독 토론수업이나 발표수업은 기

겁을 하고 두려워한다. 반대로 미국 학생들과 수업할 때는 발표가 너무 길어져 교수님들이 시간을 정해 놓고 수업을 진행할 정도이다. 게다가 미국 학생들과 수업할 때는 질문하는 학생들이 너무 많아 흐름이 끊길 지경이다.

왜 이런 차이가 생기는 걸까? 아마도 그것은 한국 학생들이 어렸을 때부터 비교당하는 데 길들여졌기 때문일 것이다. 개인적으로 나는 이 현상을 '비교문화'라고 정의한다.

이웃에 사는 유치원 친구와 비교당하는 것을 시작으로 치열한 입시경쟁을 거쳐 진로 선택에 이르기까지 서로 비교하고 경쟁하느라 한국에 사는 학생과 어른들은 자신을 제대로 돌아볼 시간이 부족했을 것이다. 게다가 늘 다른 사람의 시선을 의식해야 하고 남들과 비교해 자신의 가치를 결정해야 하니 얼마나 힘든 삶인지 모른다. 그것은 불특정 다수의 사람들과 끊임없이 스스로를 비교하며 살아야 한다는 말이다. 이것이야말로 영혼의 감옥이며 지옥의 시작인 것이다.

내가 좋아하는 거,

내가 잘하고 싶은 거,

내가 잘할 수 있는 거,

내가 진정 원하는 거,

한 번쯤 이런 나와 진짜 데이트를 한 적은 있을까? 스스로를 타인과 비교해서 얻어내는 자존감은 결국 또 다른 두려움을 낳는다. 마치 게임을 하면서 레벨을 올리기 위해 끊임없이 적과 싸워야 하는 것처럼 말이다.

이제 우리 자신을 찾아보자. 진짜 나 자신과 마주 보고 대화해보자. 쉽지는 않겠지만 당신이 지금 떠올리고 있는 비교할 대상부터 머릿속에서 지워보자. 그리고 설레는 마음으로 온전한 자신과 만나보자. 우리는 절대 누군가와 비교당하기 위해 세상에 태어난 것이 아니다.

♪ 비참해져도 괜찮다

살다 보면 비참해질 때가 있다. 수치심을 느낄 때도 있다. 어느 날 심리 치료를 받다가 문득 벌거벗은 나를 보게 되면서 수치심을 느꼈다. 내가 생각하는 만큼 괜찮은 사람이 아닌 것이 속상하고 겁만 많은 바보인 것 같아 창피했다.

하지만 아이러니하게도 심리치료가 제대로 효과를 발휘하는 순간이 벌거벗은 나를 마주할 때다. 다른 내담자들은 이 시기에 한동안 상담받기를 두려워한다. 하지만 나는 피하지 않고 마주하기로 했다. 내가 원하는, 이상적인 나는 아니지만 그런 날 바라볼 수 있는 용기가 나에게 있다는 것이 자랑스러웠다.

우리는 모두 살아가면서 실수를 한다. 완전한 인간은 없다. 하지만 건강한 내면을 가지고 있다면 스스로에게 용기를 줄 수 있다. 쓰러지고 비참해져도 괜찮다. 털고 일어나면 그뿐이다.

"어차피 슬픈 인생, 웃고나 가자."라는 말이 있다. 인간의 삶이 완벽할 수는 없다. 오히려 돌부리에 걸려 넘어져 있을 때 누군가가 다가와 손 내밀어준다면 그 모습이 훨씬 더 세상을 아름답게 만들 것이다. 내가 넘어지면 다른 사람의 도움을 받고 다른 사람이 넘어져 있으면 내가 다가가서 일으켜주며 사는 삶이 더 가치 있고 행복한 삶이다.

　인간은 불완전한 존재이다. 그렇기 때문에 더 의미 있는 삶을 살수 있다. 불완전한 존재들이 서로 도우며 부족한 것을 채워갈 때 삶의 가치는 더 빛날 것이다.

♪ 어차피 인생에 정답은 없어

수능 문제처럼 인생에도 정해진 답이 있다면 얼마나 좋을까? 몇 달 동안 고액 과외 선생님한테 수업을 받고 정답을 달달 외워서 시험을 치르고 높은 점수를 받아 나머지 인생은 고민 없이 살 수 있다면 그것만큼 편한 방법도 없을 것이다. 하지만 인생은 우리에게 답을 주지 않는다. 그래서 미래를 두려워하고 기대도 하면서 사는 것이다.

관점을 다르게 해서 보면 이것이야말로 인생의 아름다움이자 묘미가 될 수 있다. 머리가 좋은 사람만, 외모가 멋있는 사람만, 일을 잘하는 사람만 행복할 권리가 있다면 인생이 얼마나 재미가 없을까?

우리는 한 사람의 단면만 보고 전부를 예단하는 것을 좋아하지만, 그 사람의 인생이 훗날 어떻게 될지는 정말 아무도 모른다. 그리고 이 전제 안에서 우리의 인생이 이어진다는 것은 참 놀랍고 신기한 일이다.

오죽하면 「새옹지마(塞翁之馬)」라는 제목의 우화가 있을까? 좋다고 다 좋은 게 아니고 나쁘다고 다 나쁜 것이 아니다. 나무 한 그루만 보지 말고 숲을 보라는 말도 그래서 나온 것이 아닐까? 나무 하나하나는 보잘것없을지 몰라도 전체 숲을 보면 얼마나 아름다운지 모른다.

살아가면서 겪는 상처, 실수, 결핍은 아플지 몰라도 그런 것들을 극복하는 과정이 모이면 우리의 삶도 숲처럼 아름다워 보일 것이다. 태어날 때부터 장애를 갖고 있던 헬렌 켈러의 삶이 숭고한 것처럼 닉 부이치치의 삶이 용기로 가득 찼던 것처럼 부족하고 실수 많은 우리의 삶도 그 자체로 가치가 있는 것이다.

♪ 해야 할 말, 하지 말아야 할 말

인간관계에서 가장 많은 비중을 차지하는 것은 역시 '말'이다. 우리가 타인과의 관계에서 상처받고 상처 입히는 것은 말 때문인 경우가 많다. 말은 마음의 창이기 때문이다.

사람의 인품에 향기가 있다면 그것은 말 속에서 배어 나온다. 단, 말만 번지르르한 것과는 구분을 해야 한다. 화려한 모조 꽃 같은 말에는 향기가 없다. 하지만 진정한 영혼의 향기가 배어 있는 말은 죽어가는 사람조차 살리는 힘이 있다.

다른 사람이 하는 말과 내가 다른 사람한테 하는 말에 이런 강력한 에너지들이 전달되고 있다면, 우린 우리 자신에게 하는 말들에 대해서 생각해봐야 한다. 다른 사람한테는 차마 하지 못하는 말을 자신에게 하고 있지는 않은지 살펴보자. 자신에게만 관대한 사람들도 문제가 있지만 유독 자신에게만 가혹한 말을 한다면 인생에서 큰 실수를 하고 있는 것이다. 잘못된 부분은 바로잡고 더 좋은 나로 성장하는 과정은 필요하지만 그것과 정서적 학대는 엄연히 다른 것이다. 내가 나에게 함부로 대하면 남도 나를 그렇게 대하는 법이다. 당신은 얼마든지 더 괜찮은 사람이 될 수 있다. 자기 자신에게 막말을 하는 것은 그 기회를 포기하겠다는 것이다. 적어도 이 험난한 세상에서 내가 나 자신에게만큼은 용기를 내고 살아갈 수 있는 그런 말들을 해주자. 내가 나를 진정으로 사랑하는 힘이야말로 세상을 움직이는 강력한 에너지이다

♩ 아가야, 많이 무서웠구나

인정하든 인정하지 않든 우리의 내면에는 겁먹거나 상처받은 어린아이가 있다. 적어도 제대로 사랑받고 보호받으며 자라면 좋으련만 대부분 사람들의 내면에는 상처받은 아이가 숨어 있다. 나의 경우 겁먹은 어린 시절의 나를 마주하기까지 꽤 오랜 시간이 걸렸다. 굳이 마주했어야 했냐고 묻는다면, 아마 모든 심리치료 과정에서 어린 시절의 자신과 만나는 과정을 겪어야만 나 자신을 이해할 수 있다고 답하겠다. 그러지 않고는 우리 자신을 두려움 없이 제대로 들여다볼 수가 없다. 이 과정들이 나에게 힘들기도 했지만, 내 인생에서 다시 한 번 제대로 일어나 살 수 있는 계기를 갖는 시간이 되었다.

어린 시절, 병약했던 엄마 때문에 나는 놀이터에서 늘 혼자였다.

그리고 한 살 터울인 동생의 보호자가 되어야 했다. 겁먹은 개가 더 요란스럽게 짖는 것처럼 나는 늘 무서운 아이였다. 무섭게 하지 않으면 그네를 한 번도 제대로 탈 수 없었기 때문이다.

놀이터에 있는 엄마들과 아이들은 나에게 늘 무서운 존재였다. 그래서 나는 큰 목소리로 "그네 이제 내 동생이 탈 차례야!"라고 소리치곤 했다. 있는 힘껏 목청을 높여 소리치면 아이들은 벌벌 떨며 도망갔다. 사실 나도 속으로는 겁을 먹고 있었다. 하지만 한편으로는 안도감도 들었다. 무시하는 것보단 무서워하는 것이 낫다고 생각했다.

"누나, 나 그네 안 타도 돼. 다른 아이들 타라고 해."

하루는 동생이 이렇게 말하자 나는 동생한테 화를 냈다. 그네를 안 타면 간식을 주지 않을 거라고 윽박지르며 우는 동생을 억지로 그네에 태운 적도 있다. 그 시절, 나는 항상 두려웠고 무서웠다. 그 두려움을 이겨내려고 골목대장 노릇을 하며 아이들에게 소리를 질러댔다. 당시 이웃집 엄마들조차 나를 무서운 아이로 인식할 정도였다. 지금 생각하면 그렇게 화를 내야 했던 어린 내가 불쌍하기 그지없다. 엄마한테 괜히 화가 나기도 한다. 내 어린 시절을 송두리째 빼앗긴 것만 같다.

애어른 같다는 소리를 들으며 자랐지만, 사실은 나도 무서웠다.

앞날을 장담할 수 없었던 병약한 엄마의 유언, 한 살 터울의 동생, 언제나 바쁜 아빠까지 나는 주변의 모든 것을 무서워했다.

지금은 잔뜩 겁먹은 이 어린아이를 꺼내놓고 마주하고 있다. 화낼 필요 없다고, 소리 내서 싸우지 않아도 괜찮다고, 지금 네 동생은 한 가정의 멋진 가장이 돼서 걱정하지 않아도 된다고, 병약했던 엄마도 지금은 아주 건강해져 있다고 어린 나에게 차근차근 일러주고 있다.

그 꼬마는 이제 내 안에서 많이 안심하는 듯하다. 어른이 된 후에도 이 꼬마는 내 안에 남아 두려워하고는 했다. 무언가에 겁을 먹을 때 그 시작점에는 이 꼬마가 서 있고는 했다.

때로는 마음속에 있는 어린 시절의 나를 불러내 말을 걸어보자. 까마득하게 잊고 있었던 그 아이의 입에서 당신이 궁금해했던 문제의 답이 나올 수도 있다. 그리고 그 아이도 훌쩍 큰 당신의 품안에서 안심하고 쉴 수 있을 것이다. 그 꼬마가 필요로 하는 것을 지금의 당신은 얼마든지 줄 수 있다.

자신에게 거짓말하지 말자

누군가 당신을 속이고 거짓말을 하고 있다면 당신은 알 수 있을까? 놀랍게도 우리는 대부분의 거짓말을 알아차릴 수 있다. 우리의 가슴과 머리, 영혼이 불편하다고 속삭이기 때문이다.

물론 속이려고 작정한 사람한테는 깜박 속아 넘어갈 수 있다. 하지만 이런 경우는 의외로 드물다. 대부분의 경우 우리는 상대의 거짓말을 알고 있지만 모르는 척 눈감아준다. 대신 거짓말을 하는 사람과는 깊은 관계를 맺지 않는다. 언제 어떻게 피해를 볼지 모르기 때문이다.

그런데 우리 자신 또한 자신에게 거짓말을 하고 있지는 않은지 생각해보자.

아픈데 아프지 않다 하고

힘든데 힘들지 않다 하고

슬픈데 슬프지 않다 하고

두려운데 두렵지 않다고

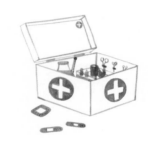

거짓말하고 있는 것은 아닐까?

손가락에 자그마한 상처만 나도 연고를 바르고 대일밴드를 붙여가며 호들갑을 떨지만 정작 마음의 상처는 무시하고 눌러버린다. 그것은 마음에 대한 예의가 아니다. 참고 참던 마음이 인내심이 다해 폭발하기 전에 마음이 하는 소리에 귀 기울이자. 손가락의 작은 상처보다 마음의 상처가 더 아프고 쓰린 법이다.

♪ 흔들리는 배

만약 당신이 흔들리는 배에 타고 있다면 다른 사물들도 흔들리는 것처럼 보일 것이다. 마찬가지로 우리의 내면이 흔들리고 있다면 상대방의 본 모습을 제대로 볼 수 없다. 그것은 자기 자신에게도 적용된다. 상대방의 말 한마디에 극도로 민감하게 반응하거나 별것도 아닌 외부 자극에 요즘 말로 멘탈이 무너진다면 당신의 내면은 흔들리고 있는 것이다.

나 역시 예전에는 마찬가지였다. 하지만 지금은 흔들리는 배를 다루는 방법을 알고 있다. 심한 파도 때문에 배가 흔들리면 그 흔들림에 몸을 맡긴 뒤 파도가 잦아들기를 기다린다. 물론 이것을 터득하기까지 절대 쉽지 않은 과정을 지나왔다.

지금 생각하면 흔들렸던 경험 자체가 나에게 나쁘기만 한 것은 아니었다. 아니, 아무리 큰 배도 출렁이는 파도 위에서 흔들리지 않을 수는 없듯이 인생의 풍랑을 만나 흔들렸던 것은 인생을 살아가는 한 인간으로서 겪어야 하는 일이었을지도 모른다. 무엇보다 내가 직접 그런 경험을 했기 때문에 다른 사람의 아픔도 깊이 있게 공감할 수 있게 된 것, 그 자체가 얼마나 소중한지 모른다. 이것은 내가 자신 있게 내세울 수 있는 장점이기도 하다.

수업이 끝난 후 학생이 다가와 어렵게 마음의 상처를 내보이면 내 안의 안테나가 움직인다. 한번은 네 시간이 넘도록 이야기를 들어준 적도 있다. 이 또한 내가 아파봤기 때문에 가능한 것이다. 그런 날은 피곤하지도 않다. 특히, 학생의 얼굴이 점점 밝아지는 것을 지켜보고 있자면 세상을 다 가진 사람처럼 행복해진다. 만약 내가 아파보지도 않고 고난도 겪지 않았다면 절대 남의 아픔을 보며 내면의 안테나가 작동하는 일은 없었을 것이다.

인생을 살아가는 동안 때로는 흔들리는 배 안에 있어야 할지도 모른다. 심지어 항해 도중 해적을 만날 수도 있고 암초에 걸릴 수도 있다. 한 줄기 빛조차 없는 깜깜한 밤을 지새워야 할 수도 있다. 누구나 내면의 불안을 다루기가 절대 쉽지 않다는 것을 알고 있다. 하지만 그 불안함을 조용히 바라볼 수 있다면 훨씬 견디기 수월할 것이다.

아주 오랫동안 흔들림에 시달리면 버틸 힘이 소진되어 공포에 휩싸일 수도 있다. 그때 필요한 것은 두려움을 제대로 직면하는 것이다. 그렇게 하면서 나는 아파했던 어린 나와 힘들었던 지금 내 나이의 엄마, 동생, 아빠의 마음을 만날 수 있었다.

　　마음에 생긴 상처는 몇 번의 상담 혹은 친한 친구와 소주 한 잔 마신다고 아무는 것이 아니다. 그 상처를 치유하기 위해서는 오랜 기다림과 끈기가 필요하다. 인내심을 가지고 자신을 바라봐줘야 한다. 스스로를 다그치는 것은 도움이 되지 않는다. 이것은 서두른다고 되는 것이 아니다. 그러니 나 자신에게 너무 늦게 온다고 혼내지 말자. 스스로를 용서하고 이해할 줄 알아야 자신과 좋은 관계를 맺을 수 있는 법이다.

♪ 남의 시선에서 자유로워지자

　참 희한하게도 우리가 살고 있는 이 시대에는 부유한 국가일수록 자살률이 높다. 그리고 남들보다 더 많이 가진 이들이 욕망을 주체하지 못해 스스로를 고통 속에 몰아넣고 있다. 우리나라 역시 예외는 아니다. 나라는 더 부자가 되었고 미국의 오바마 대통령까지도 부러워하는 학구열 높은 이 나라가 자살률 1위라는 불명예를 떨쳐버리지 못하고 있다. 왜 이런 현상이 벌어지는 걸까?

　국회에서 공무원으로 일했던 시기에 OECD 임원을 만날 기회가 있었다. 회의가 시작되기를 기다리는 동안 둘이서 대화를 나눌 시간이 있었는데 당시 나는 들뜬 마음으로 그의 말을 경청했다. 그가 밝힌 한국 방문 이유는 어느 나라보다 빠른 경제발전을 이룬 한국이 자살률이 너무 높아 원인 파악을 위해 방한했다는 것이었다. 당시 회의에서 우리나라 정신과 의사들과도 토의를 했기 때문에 지금까지 인상적으로 기억하고 있다.

그 임원은 나에게 한국의 자살률이 높은 이유가 무엇이라고 생각하느냐고 물었다. 순간 당황해서 제대로 답변을 하지 못했다. 그저 어린 시절부터 경쟁 사회에 빨리 노출되어 남의 시선에 민감할 수밖에 없어 자살률이 높은 것이 아닐까 싶다고 조심스럽게 대답했다.

그런데 생각해보니 우리나라는 유독 남의 시선과 평가에 예민하고 '상대적 박탈감'을 느끼는 사람들이 많은 것이 사실이다. 자살률 문제는 차치하고서라도 한국 사람이 남의 시선에서 자유로워지는 것은 정말 어렵기만 한 일일까?

미국에서 고등학교에 다닐 때의 일이다. 무척 뚱뚱한 여자애가 자기 포스터를 붙여놓고 발레 공연을 한다고 했다. 당시 내 머릿속의 발레리나는 인형처럼 예쁘고 조각 같은 몸매를 가진 사람이었기 때문에 그 아이의 말에 나도 모르게 웃음이 나와버렸다. 그런데 다른 아이들은 그 아이의 도전이 아름답다며 응원을 해주는 것이었다. 나는 그것이 가식이라고 생각하고 친한 친구에게 넌지시 말했다.

"솔직히 발레리나 할 몸매는 아니잖아."

그러자 그 친구가 눈을 휘둥그레 뜨면서 나에게 물었다.

"어떤 사람이 발레리나를 할 수 있는 건데?"

그 아이들은 자신이 원하면 누구든지 발레를 할 수 있는 거라며 나에게 너무 편협하게 생각하고 있는 건 아니냐고 되물었다. 그리고 "Open your eyes."라는 말을 하고 윙크를 하는 것이다. 가만 생각해보니 내가 아름답다고 생각하는 시각적 사고나 관념들이 너무 한정되어 있다는 생각이 들어, 친구의 말대로 제대로 마음의 눈을 뜨고 바라보려고 노력을 하면서 보니 그 발레 공연에 도전한 그 아이만의 아름다움을 발견할 수 있었다. 그리고 내가 많은 편견 속에 갇혀 있었다는 것을 깨달을 수 있었다.

사실 칭찬을 헤프게(?) 하는 미국 교육 덕에, 그리고 고등학교

선생님의 말씀 한마디가 나를 미국에서 박사까지 공부할 수 있게 하는 원동력이 되었다.

"너는 재능이 있는 사람이다. 남의 평가보다 중요한 것은 네가 생각하는 너 자신이다. 너는 글쓰기에 소질이 있다. 자신을 믿고 나아가다 보면 넌 분명히 사람들에게 좋은 영향력을 미칠 수 있는 리더가 될 거야."

이 말을 들은 후 나는 스스로 글 잘 쓰는 사람이라고 믿게 되었고 내가 마음만 먹으면 무엇이든 해낼 수 있다는 주문도 외우게 되었다. 지금 생각하면 그 말을 순진하게 믿은 내가 웃기지만 그때부터 나에 대한 평가 기준은 다른 무엇도 아닌 내 마음이 중심이 되었다.

나에 대한 다른 사람의 평가는 다양하기 마련이고 변수 또한 많다. 그래서 그 평가들은 모두 틀리지도 않지만 전부 옳지도 않다. 고등학교 시절 이후 나는 타인의 견해에만 의존해 스스로를 평가하지 않았다. 듣기엔 쓰린 말이지만 내가 고쳐야 하는 부분이면 고치려고 노력했고 상대가 나를 틀리게 평가하면 상대의 눈높이로 나를 들여다보려고 애썼다.

그러다 보니 나 자신을 다른 사람과 비교하는 일 자체가 드물었고 남의 말에 덜 흔들릴 수 있었다. 그렇다고 내가 지금 서구식 교

육이 무조건 좋다고 주장하는 게 아니다. 이
건 어디까지나 내 인생의 작은 경험일 뿐이다.

지금부터라도 관계의 시작점을 우리 자신
에게 놓고 다시 시작했으면 한다. 한국에서
만난 많은 사람에게서 공통적으로 느낀 점은
끊임없이 남과 자신을 비교하는 아주 지독한
고질병을 앓고 있는 것이다. 그것은 행복한
인생을 살아가는 데 티끌만 한 도움도 돼주
지 못한다. 비교하는 순간 자신의 가치는 상
실된다. 그것을 단호히 거부할 수 있다면 우
리는 남의 시선에 휘둘리지 않고 진짜 행복
을 느끼며 살아갈 수 있을 것이다.

소중한 _____ 님께 드립니다.

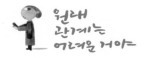

펴 낸 날 2019년 5월 24일

지 은 이 김혜진
펴 낸 이 이기성
편집팀장 이윤숙
기획편집 이민선, 최유윤, 정은지
표지디자인 이민선
책임마케팅 임용섭, 강보현
펴 낸 곳 도서출판 생각나눔
출판등록 제 2018-000288호
주   소 서울 마포구 잔다리로7안길 22, 태성빌딩 3층
전   화 02-325-5100
팩   스 02-325-5101
홈페이지 www.생각나눔.kr
이 메 일 bookmain@think-book.com

• 책값은 표지 뒷면에 표기되어 있습니다.
  ISBN 979-11-90089-15-9 (03810)

• 이 도서의 국립중앙도서관 출판 시 도서목록(CIP)은 서지정보유통지원시스템 홈페이지(http://seoji.nl.go.kr)와 국가자료공동목록시스템(http://www.nl.go.kr/kolisnet)에서 이용하실 수 있습니다(CIP제어번호: CIP2019018009).